森田季節
Morita Kisetsu
illust.紅緒
持續狩獵史萊姆三百年，
不知不覺就練到LV MAX
Average 25×
365 days×
300 years×
(EXP2+2)=Lv.99

Contents

開設了咖啡廳
005

最強幫手來了
035

哈爾卡拉離家疑雲
059

幽靈出現了
075

哈爾卡拉・羅莎莉分離作戰
104

工廠開張了
130

製作了幽靈的洋裝
162

利維坦來了
175

打倒了魔王
203

茶會與頒獎典禮
243

第二隻龍來了
270

附錄　迷途貓來了
281

Story by Morita Kisetsu Illustration by Benio

She continued destroy slime for 300 years

開設了咖啡廳

來到異世界一晃三百年，人生中頭一次經歷與一群龍打架。
我們活力十足地回到高原之家。
「嗯～！還是自己的家比較舒適！」
以前幾乎沒有外宿的旅行經驗，感覺十分新鮮。
「媽媽～新娘子，真是漂亮呢～！」
雖然結婚典禮上遭遇藍龍襲擊等麻煩，但在法露法的心中，似乎已經被開心的記憶取代。真是太好了。
「對呀。萊卡的姊姊，好像很幸福呢。」
「法露法將來結婚時也能穿那樣的衣服嗎？」
天真無邪的法露法表示——不過，我聽得有點愣住。
「法露法結婚之後，想住在紅色的可愛磚瓦房裡喔～」
意、意思是，要從這裡搬出去嗎!?

She continued destroy slime for 300 years

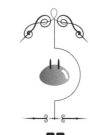

「法、法露法……結婚後還是可以夫妻一起在這個家裡生活喔……像是，再增建成兩世代住宅……」

「媽媽，什麼意思啊？」

法露法一臉不解地歪著頭。啊，太好了。這是尚未具體考慮結婚這種人生大事的狀態。安全，沒事！

這時候，夏露夏輕輕拍了拍我的背。

「夏露夏想永遠待在媽媽的身邊，所以……最近在學習做菜。希望能讓媽媽，吃到好吃的飯菜。」

天啊，夏露夏為我著想更挺我！

我忍不住緊緊摟住夏露夏。女兒實在太可愛了，真難為啊。

身為母親，我一直緊緊擁抱兩個女兒。這就是我的教育方針。

「媽媽，感到開心嗎？」

夏露夏雖然是不太在表情顯露心情的酷酷女兒，其實是內心非常溫柔的孩子。我非常清楚這一點。

「嗯，當然喔。夏露夏的心情，清楚傳達給媽媽了。」

「只有夏露夏不公平！媽媽，法露法也要抱抱。抱抱！」

法露法蹦蹦跳跳吵著要求。

法露法雖然對自己的心情比較誠實，但與妹妹夏露夏一樣都十分關心我。當然，身為母親的我投注的愛情也一樣。應該說雙方都是無限大。

「好好好。媽媽啊，不會不公平的喔。」

這次我緊緊摟住法露法。

對我而言，這是最幸福的時刻。

「那麼，今天就難得母女三人一起睡吧。」

「哇～！法露法，好開心喔！」

夏露夏也不斷點頭。

比起獲得幾十億圓，與女兒一起睡同一張床比較幸福。這一點不能退讓。

——這時候，我感覺到視線。

隨即發現，萊卡&哈爾卡拉注視著我們。

對啊，如果只對兩個女兒特別待遇，會導致她們吃醋呢。

之前在火山時才剛說過，萊卡就像妹妹一樣。她的外表也像剛上國中的女孩，感覺完全就是妹妹。

哈爾卡拉雖然是有些迷糊的徒弟，但也不是不能以「徒妹」代表「徒弟」的女性型。所以，這種情況下就硬拗成妹妹的一種吧。

對兩個女兒表示「等媽媽一下喔」離開後，我來到兩個妹妹的身邊，刻意以手搓弄頭髮。

「真是的，怎麼能露出難過的表情呢。來嘛來嘛～！」

「亞梓莎大人，頭髮要亂掉了……不過……其實沒關係……」

一本正經的萊卡謙虛地表明自己的心情。

畢竟，這座高原之家不是大家的故鄉。為了不讓大家寂寞，我也會好好照顧大家。

另一方面，哈爾卡拉主動貼過來。總覺得，想起以前念高中的時候呢。當時也有一個女生，不知為何特別黏人。

不過，哈爾卡拉的情況，接近卻受到物理性的阻礙。

彈～

果然，碰到了哈爾卡拉的胸部……

「哎呀……怎麼沒辦法貼緊呢……為什麼啊……？」

她居然毫不避諱說了出來呢。我覺得她應該多了解一點，自己的胸部究竟有多大……

「能不能吸收一點妳的胸部啊……有沒有這種魔法呢……」

「您說了什麼嗎，師傅大人？」

「……沒什麼。」

就這樣，以萊卡姊姊的結婚典禮為開端，前往洛可火山的家族旅行順利結束。藍龍的老大芙拉托緹也在別西卜的監視下安分許多，不敢來報復吧。

所以說，正準備正式回到日常生活——

「亞梓莎大人，差不多該準備晚餐了。不過旅行前沒有採購，目前家裡幾乎沒有食材。」

萊卡卻這樣報告。我們家確實有不少人呢。話雖如此，就算現在讓她去採購，蔬菜之類可能早就已經賣光了。

「那麼，今天就全家一起到村子外食吧。」

◇

我們一如往常悠哉地步行前往村子。

不過，中途還從事了一些工作。

提到我們家族的工作，就是狩獵史萊姆。

前往村子的路上照樣出現史萊姆，因此要確實狩獵。

「大家，發現史萊姆的話就狩獵，並獲得魔法石喔。」

考慮到五人份的外食費用，希望最少要狩獵二十五隻史萊姆。一隻會出現兩百戈爾德的魔法石，換算成日圓大約兩百圓。
村子的餐館沒有那麼高級，一個人大約一千戈爾德就能吃頓飯。不過，考慮飲料費等其他項目，希望能多狩獵一些。其實我們並不缺錢，但既然要賺，當天使用的錢就當天賺吧。
「若是史萊姆的話，連我也能狩獵喔～」
哈爾卡拉也當成運動一樣左晃右晃毆打史萊姆。
不過，法露法卻加以阻止。
「哈爾卡拉姊姊，那是善良的史萊姆，不可以狩獵喔。」
「咦，是這樣的嗎……？」
「沒錯，那邊的史萊姆是邪惡的，必須狩獵才行。看，那兩隻當中晃動的那一隻。」
「呃，是這隻嗎……？」
「不是那一隻！那隻也是善良的史萊姆！」
「好難分辨喔……」
我也沒什麼自信分辨善良與邪惡的史萊姆之間有何差異。
「哈爾卡拉姊姊，淺色史萊姆是邪惡的，深色就是善良的。記住這一點就好。」
「雖然明白夏露夏妹妹的話，但深淺的區別也好難喔……」

哈爾卡拉戰戰兢兢狩獵下一隻史萊姆。

從事工作三十分鐘左右，全家人總計狩獵了三十八隻。

差不多賺到在村子的餐館用餐的份了吧。

抵達弗拉塔村後，見到各處張燈結綵。

牆上掛著五顏六色的布，村子的道路也感覺十分熱鬧。

「啊，對了，舞蹈祭就快來臨了。」

我想起正好是這個時期。

舞蹈祭是弗拉塔村舉辦的傳統祭典。不過，雖然說是傳統，但從我開始定居在這裡的時候還沒有。

大約從兩百五十年前開始舉辦，就這樣定下來。若以普通人的感覺來看，持續長達兩百五十年的文化，就屬於「傳統」的範疇。

「亞梓莎大人，請問這是怎麼樣的祭典呢？」

萊卡也還沒見過，所以不明白吧。

「在村子的廣場或高原自由參加，隨興所至地跳舞。當然不跳舞也可以逛逛攤販，享受氣氛喔。」

「嗯，原來有這樣的民俗啊。真讓人感興趣呢。」

「民俗聽起來太死板了，反正就是輕鬆的祭典。原本是將田裡的收成供奉給大地之神，祈求保佑明年也能順利收成，不過幾乎沒有人在意這一點呢。」

運動還能消除壓力。跳舞跳一整天，養精蓄銳以繼續努力。

「啊，這不是魔女大人一家嗎？」

經常買奶油的店鋪大叔打了招呼，大叔也正在將色彩鮮豔的布掛在牆壁上。

「您好，祭典很快就要開始了呢。」

「是啊。對了，魔女大人要不要在祭典上表演什麼呢？魔女大人的活動也非常歡迎喔。當然像以前一樣只參觀也很好。」

「啊～原來如此。不過呢～我還是盡量避免直接參與祭典吧，否則容易變成我主導的祭典呢……」

一言以蔽之，可能會害村子失去自主性。

畢竟，我可是祭典開始舉辦前就定居的魔女。若在什麼祭典上崇拜這樣的對象，村民肯定不會有任何意見。

我不喜歡君臨村子，因此一直貫徹不參加祭典節目的立場。我一直認為維持客人的身分剛剛好。

不過，今年情況有些不一樣。

「祭典會不會……有賣糖果的攤販呢!?」

「從祭禮可以探究村民的心性，研究祭禮在歷史學上也相當重要。」
法露法與夏露夏表達關心，雖然關心的對象大幅偏離。
「祭典嗎？以前在精靈的祭典上販賣祭典專用飲料，賺過錢呢。如果推出防止宿醉的植物飲料，一下子就賣光了喔。要再賣賣看嗎？在祭典上可以賣貴一點，其實是滿一本萬利的生意喔。」
哈爾卡拉雖然微妙地動機不純，但似乎也對祭典表達一定的興趣。
還有，萊卡也不斷窺探祭典的準備情況。
畢竟家人突然增加了嘛。
既然機會難得，也試著改變參與祭典的方式吧。
話雖如此，要全家一起推出節目的門檻很高。況且全副精神放在節目上，會導致家人無暇正常參加祭典，這樣就本末倒置了。
有沒有什麼兩全其美的方法呢？
「魔女大人，還有前日祭呢，屆時推出一些活動也不錯喔。」
賣奶油的大叔表示。
「也對。這樣的確不會與祭典的主要活動重複……嗯……」
由於暫時無法答覆，暫且保留。
我走進經常光顧的「凜冽大鷲」，大家一起享用有些豪華的晚餐。

這個時期會推出烤鴨肉，鹹味濃淡也是絕妙。連不太喝酒的我都一杯接一杯，哈爾卡拉也喝了不少酒。

「哈爾卡拉，喝酒是可以，但別像之前結婚典禮一樣喝得爛醉喔。」

「一有果實酒，就會忍不住品嘗比較呢。因為自己也會製作植物飲料。」

真不愧是精靈配藥師，植物畢竟是精靈的專門範圍呢。

就在此時，我靈光一現。

「欸，哈爾卡拉，非酒類的飲料也可以準備好幾種吧？」

「嗯，不只有果實，還能推出更健康取向的蘑菇精華萃取物。」

那麼，有譜了。

「前日祭開設『魔女之家』咖啡廳吧！」

家人的視線集中在我身上。

「怎麼樣？菜單的飲品由哈爾卡拉準備，餐點憑萊卡的手藝可以達到餐館的等級。至於店鋪部分，只要在萊卡之前增建的木屋區共用空間擺幾張桌子就沒問題，光是家族就有五人可以接待客人。還有，由於是前日祭，所以不會與祭典當天重複喔。」

既然是我提議，就不斷強調優點，勸說大家。

不過，唯有一人露出興趣缺缺的表情。

出乎意料的是萊卡。

「是嗎……這麼一來，就得穿上類似接待用女侍服的服裝呢……」

噢，那件有點像女僕服的服裝嗎？其實滿時髦的，平時穿著也不錯。不如說，萊卡平時穿的服裝就相當有品味。

「穿普通的服裝也可以，如果不喜歡待客也可以在內場幫忙喔？還有，其實不參加也是選項呢。」

這種活動強制參加也沒什麼意義。

「不，請讓吾人參加！畢竟還能成為女兒們的社會學習場所！」

萊卡的口氣好像老師，她的本性還是一樣認真。

「女侍服我會忍耐……如果忙的話，大概就比較不會在意了。」

不過，她為何這麼討厭女侍服呢。若說難為情的話我還能理解，但萊卡平常穿的有點像黑色系歌德蘿莉服。這已經與庶民的打扮不同，十分顯眼。

話說回來，若是對時尚有堅持的話，可能有無法退讓的底線吧。

就這樣，我們全家確定參加前日祭的活動。

餐後，向村長說明此事，報告概要後，受到村長再三道謝「非常感謝您！」，感覺好像為了村子而捐了大約一億戈爾德的反應。

然後，到了隔天。

好事不宜遲，我們前往之前訂製出席結婚典禮用服裝的裁縫店。

分別拜託店家幫忙製作女侍服。順利完成所有人的份。

機會難得，所有人在家中試穿剛做好的衣服。

我認為，很像非常普通的接待女孩。

在日本，文化祭上經常舉辦女僕咖啡廳，就像參加這種活動的高中女生。

普通人會抱持姑且先試穿的心態，看在女僕咖啡廳專家的眼裡，可能會說我們根本完全不了解文化精神。雖然這個世界不存在這樣的人。

接下來，試著評論其他家族成員吧。

首先，是法露法與夏露夏兩人。

「合身嗎，媽媽？」

「穿起來感覺不壞。」

兩人打扮成亮眼的雙胞胎小女僕。太棒了，真的太棒了。不過，要讓她們這樣接待男性客人，有點害怕呢。實在太可愛，萬一被客人以奇怪眼光看待就麻煩了。因為很可愛啊，嗯~真是可愛呢。

緊接著，換好衣服的哈爾卡拉走出自己房間。

「呃，這個，明明請店家量過尺寸，怎麼胸口緊緊的……」

啊，好像有聽到裁縫店的店員說「這個部位稍微緊一點，比較有衝擊性」呢……其實早就知道了，就是精靈巨乳服務生小姐。

「只要有哈爾卡拉在，一下子就讓人想入非非呢。反倒是一個人就能讓人如此想入非非實在很厲害，真的。」

「師傅大人，這樣，算是褒獎嗎……？」

「我認為有需求。不過，萬一上門的都是有這種需求的客人就傷腦筋了……話說，妳能在附近走幾步路嗎？」

「只要走路就行了嗎？像這樣？」

哈爾卡拉走了幾步。

胸部毫不含糊地晃動。

看看，晃得真是讓人想入非非啊。晃得讓人懷疑胸部是水做的。

即使是女性也會忍不住盯著瞧呢。絕對，會有客人鎖定哈爾卡拉上門……

而最後登場的，是從一開始就興趣缺缺的萊卡——

「這個，請問……有哪裡怪怪的嗎……？」

一見到萊卡模樣的瞬間，電流在我心中流竄。

我忍不住摀起嘴。而且，身子略為蹲下。

「咦，亞梓莎大人？請問怎麼了？難道身體不舒服嗎？」

© Benio

「神……有神快拜……」

不只是我有這種異常反應。

連哈爾卡拉都一臉茫然表示「這是最棒的女服務生……」

沒錯，萊卡實在太適合女侍服了。

散發出頭一次從事服務業的可愛女孩試穿服裝的氣氛，而且不安的表情與衣服的裝飾都完美調和，看起來更婀娜多姿，破壞力超級可怕。

「因為平常就穿輕飄飄的衣服，所以很合身呢……應該說，也太合身了……」

我的誇獎方式比較有感，萊卡明顯感到害羞。

「其實，以前，我在龍族學校的話劇中就演過女侍角色，當時就一直被誇很合適……這次也是類似的反應呢……」

原來如此。興趣缺缺是因為知道自己太適合的緣故嗎？

「萊卡，或許這樣很難為情，但最好嘗試一次看看。妳應該多多發揮自己的才能喔。」

聽起來像演藝製作人說的話，卻是我毫無虛假的真心話。

這樣有成功的預感喔。

不對，雖然只完成了服裝而已，但料理反而容易搞定。

就算買桌子之後也只會占空間，向村子借幾張多餘的吧。

◇

然後，我們著手準備咖啡廳「魔女之家」的準備。
首先是設計菜單。
飲料不只提供常見的種類，更仰賴哈爾卡拉的品味。
「我大顯身手的機會終於來了！請交給我吧，師傅大人！」
她似乎特別來勁，的確不斷提出菜單的花樣。
只是，種類雖然多，卻多半都是怪東西。
「這項『喝的精力劑～十五種根部配方』不行。」
「咦！為什麼啊！在我以前居住的伏蘭特州，因為效果超好而受到男性顧客一致推崇呢！」
「給人的印象就不好吧！換一個稍微抒情一點的吧。」
「那麼，接下來這個『每天喝，一個月就會長高！讓骨頭伸展的天然藥物配方』怎麼樣呢。」
「就說名稱不要強調功效了啦！換一個更普通點的！」
而且只開一天的店家出現喝一個月的飲料很怪吧。
「我以為自己的提案很有魔女的風格……」

我也不是不明白哈爾卡拉的抱怨，但村民並未視我為可怕的魔女而感到恐懼，因此不需要這麼魔女的風格。

「那麼，就改成最沒有爭議的果實果汁吧。本地的野生葡萄混合以熱水調開的蜂蜜，會成為相當爽口又餘韻十足的飲品呢。」

「一開始就該提議這一道了吧。」

這樣就能毫無異議採用。應該說，沒有理由拒絕。

「可是，這樣太沒意思了嘛～」

「不要追求有趣。我們不是以搞笑為賣點。」

這片土地又不是什麼女僕咖啡廳激戰區，普通的飲品就行了。

「如果這樣就可以的話，我一天就能想到大約五十種喔。」

「天才喔。那麼，飲料就ＯＫ囉。雖然我本來就不太擔心。」

「哎～原本至少想調配『以為是甜的結果超辣！三十種香料調合果汁』之類喔～」

看來不論在哪個世界，都有人會想搞些奇怪的點子呢……

接下來是餐點。這也比想像中問題還多。

萊卡端著在盤子上堆積如山的黃色物體前來。

「亞梓莎大人，吾人想到三十分鐘內吃完這份超大蛋包就免費的企劃，您覺得如何呢？」

「這種大胃王系的企劃也不可以！這樣風格會偏掉啦！」
難道大胃王企劃之類是萬國共通的嗎……？
「其實吾人還有一項祕策！」
萊卡跑到廚房去，又端了一盤來。
「這盤在義大利麵上擠甜奶油的異色作品如何？刻意在普遍認為與甜味不合的義大利麵上，添加糕點之類的東西喔。」
「這種挑戰精神值得稱讚，但不用執行沒關係！」
這種店連日本都真的有喔！
「萊卡，妳平時的料理就已經很美味，只要多多忠於基本就行了！」
「是嗎……吾人以為既然要收錢，就必須提供值回票價的料理，才以這種形式……」
整體而言，大家的探求心都太豐富了。能讓人心平氣和的程度，以咖啡廳而言才是正確的，希望她們別搞錯這一點。
不過，還有兩個問題兒童。
這時砰一聲傳來開門聲。法露法跑了過來，看來她們剛剛跑到外面去。
「媽媽！抓到大蚱蜢了喔～」
確實是手掌心般尺寸的大傢伙。

「哇，好大喔～」

「欸，如果將這隻蚱蜢加進菜裡會是什麼味——」

「店裡可不會推出這種菜喔。」

這時候夏露夏抱著一本厚重的書前來。

「根據這本書，有些外國會食用昆蟲，尤其蚱蜢之類的昆蟲很受歡迎。不過，如果不先去除腳的話會勾到喉嚨或腸道，導致嚴重後果之類。」

「雖然我不想否定外國文化，但我們可不要喔！」

為什麼僅開一天的咖啡廳會跑偏到那種方向啊!?

「法露法也將蚱蜢先生放回野外去喔。說不定牠原本要和朋友一起玩耍吧。」

「好～知道了～」

法露法再度跑出門。大家想的怪招都出乎我預料呢。

好，就由我負責調整吧。也只有我而已。

首先，我著手的部分是確保座位。大方向是決定桌子該放哪裡。

不只在建築物內並排桌子，外頭也設置了陽臺座。不只增加座位，而且這個家位於高原的高臺上，空氣也十分清新。偶爾吹吹風感覺也不壞。

如果太擁擠的話，就無法營造休息的氣氛，這對咖啡廳而言是本末倒置。

關於菜單，也是一邊參考萊卡的提議，由我做最後決定。以蔬菜料理為中心，在家常菜味道上添加一點豪華。

「菜單就寫在用以記載藥品調配結果的厚實紙張上吧。每一張桌子製作一張。範本由我來製作，每個人可以各負責製作三張嗎？」

「師傅大人，原來這麼認真啊……」

哈爾卡拉驚訝得有些嚇到。

「我原本還想到更搞怪的點子呢……」

「為什麼好不容易要開設，卻非得特地搞怪才行啊。」

「沒有啦，比方說，向客人說『歡迎光臨，主人』之類。」

難道日本的女僕咖啡廳是很普遍的東西嗎……？

◇

然後，時光飛逝。應該說，純粹是距離前日祭剩沒幾天，就這樣到了咖啡廳「魔女之家」的開張當天。

用畢早餐後，我們所有人都換上女侍服。

「總、總覺得，所有人穿上相同的服裝就好壯觀呢……」

萊卡露出難為情與上陣當天的高亢感各半的表情表示。

其實我也有類似的感覺。

「對呀。幸好今天沒有下雨，開始最後的準備吧。萊卡與哈爾卡拉分別準備餐點與飲料，法露法與夏露夏負責擦桌子，確認地板有沒有灰塵。我將陽臺席位般出去。」

陽臺咖啡席位由於事先搬出去的話，碰到下雨就麻煩了，因此直到當天前一直放在屋簷下避難。

大家都點點頭，看來沒啥問題。

「現在剛過上午八點，距離開張的時點還有兩小時。大家努力完成吧。」

這次換萊卡與法露法回答「好的！」「好～！」

「這個，萬一，沒有任何客人光顧的話該怎麼辦……」

可能人生中經常歷經悲慘遭遇，哈爾卡拉是悲觀論者。

「這裡距離村子有一點距離，況且村子也有前日祭活動。萬一不希罕這種地方的店而不來的話該怎麼辦……」

這種擔憂的確並非杞人憂天。

「好了好了，擔心這些也無濟於事。盡自己的努力吧。應該說意義就在於參加本身……」

「如果完全賣不出去的話，就將飲料裝在籃子裡帶去明天的祭典上賣。」

不愧曾經經營過工廠，生意魂真堅強。

「那麼就開始工作吧。值班表已經知道了吧，好，就此解散！」

我要在外頭作業，所以前去打開三角屋頂的小木屋側門口。以家而言算是後門，不過店面使用小木屋這一邊，因此這邊才是正面。

在家面前豎立「咖啡廳魔女之家」的招牌。由於幾乎不會有人行經這裡，因此勝負的關鍵實際上要看消息事前在村子傳得多廣。

「好啦，外頭也得整齊擺放桌子——」

不過，我才一打開門，頓時僵在原地。

眼前疑似客人的隊伍早就在外頭大～～～～～～～～～～～～排長龍。

這絕對有將近六十人……座位數真的沒這麼多啦……

男女比例大約各半。人數多到現在可以立刻舉行集會。

「噢噢！高原魔女大人打扮成女服務生！」

「真是耀眼啊！」

「真想快點見到其他人的模樣！」

光是我來到外頭，眾人就歡聲雷動。

「各、各位都知道，十點才開始營業吧……？」

店門前的招牌不是也清楚貼了營業時間的紙張嗎……

「那當然！」
「由於夜排會造成麻煩，我們一大早才來的！」
「從鎮上花一天前來的！」
最後方還有人舉著「最尾端」的標語牌。
我可不記得做過這種東西喔！志願者自己做的嗎？
「我現在就開始準備，各位請稍等一下！」
真想不到，要在眾目睽睽之下搬桌子……由於我的體力非常充足，作業本身一下子就完成了。憑藉等級九十九，一隻手搬一張桌子小意思。
不過，我可不敢對他們說十點才開門，請等將近兩個小時這種話啊。
我迅速結束外頭的準備，回到室內。
「外頭已經排了大約六十人，我們能不能稍微提早一點，九點開始營業呢？」
大家都露出吃驚的表情。
「不會吧！熬夜排隊是違反禮儀的喔！」
這個世界的文化似乎認為熬夜排隊是不對的。日本也有類似文化的即賣會，怎麼這麼巧啊。
「他們好像老實等到早上才來排隊。」
「那就沒問題了。如果夜排的話，就有必要將他們調到最尾端了。」

對夜排組的罰則還真嚴格啊。

「所以說，有機會九點營業？」

「飲料方面沒問題。萊卡小姐呢？」

「吾人也趕得上。食材已經有了。不過，客人數量出乎預料，賣完可就麻煩了。可能得飛到村子向店家追加訂單，並且送到這裡來。」

「這就交給我吧，告訴我需要什麼！還有座位的數量……」

事先還準備了備用的桌子，要不要將我們房間的桌椅拉出來呢。增加座位以應付客人多的時候。

——在我開口這麼說之前，法露法與夏露夏已經搬來了桌子。

「媽媽，夏露夏說應該多搬幾張桌子出去。」

「媽媽，夏露夏也會努力。東方的學者也說過，無法與行動連結的學問是沒有意義的。」

「兩人都超級了不起！如果有時間的話真想再抱抱妳們！」

就這樣，我們快馬加鞭拚九點開店營業。

這可能是我在這個世界，頭一次如此努力工作。

但是，絲毫沒有當社畜的倦怠感。

說起來理所當然，因為社畜是被迫工作的。

現在的我們則是自願工作。

從動機上就有根本的不同。

＊

然後，分毫不差，時鐘的指針指向九點。

我使勁開啟小木屋側的門。

「由於咖啡廳『魔女之家』排隊的顧客很多，因此比預定提早一個小時開門！將會輪流為您帶位，請稍後片刻！」

頓時響起「唔噢噢噢噢噢！」的歡呼聲。這不是咖啡廳開門時發出的聲音吧！

哎呀，真沒想到，會這麼受歡迎……

隊伍比剛才排得更長，看來確定要忙一整天了。

「兩位客人嗎！請問想坐裡面，還是外面的陽臺呢？那就請進吧！」

「一位客人嗎？不好意思，方便坐吧檯座位嗎？好的，請往這邊！」

「五位客人嗎！請坐這張桌子的席位吧！」

我不斷為客人帶位，帶位時也不忘笑容。

附帶一提，吧檯座位是臨時將長桌子靠在牆邊而設置的。當初沒有這種預定。

想悠哉開店的概念已經瓦解了……翻桌率若不能大幅提升，會有客人無法進店。

我原本嚮往隱藏版性質的咖啡廳呢……

不過，顧客排隊的時候就已經知道十分擁擠，因此沒有人客訴。反倒是接受太多偶像般的聲援，有點招架不住。與其說招架不住，其實很難為情……

「女服務生的魔女大人，好美啊！真是神聖！」

「哈爾卡拉妹妹也散發遊走於健全與不健全之間的絕妙感！」

「雙胞胎女服務生也可愛得不得了！」

唔……隱藏版咖啡廳變成女僕咖啡廳了……

附帶一提，女性顧客也占了一半。日本的偶像也有不少女性粉絲，大概類似這樣的感覺吧。

不過，說來說去，最受歡迎，最受矚目的——

還是萊卡。

「讓您久等了……這是您點的蛋包……請慢慢享用……」

基本上萊卡負責站廚房，不過偶爾親自端料理露臉時，顧客的視線都集中在她身上。

連用餐中的顧客都停下手中的刀叉。

「天、天使啊……」

「不，是女神吧。」

「如果有這樣的妹妹，我有自信一天緊緊摟著她一小時……」

「不需要多餘的形容詞。光是凝視就很寶貴啊。」

由此可見萊卡的可愛堪稱完美。不只男性顧客，連女孩都完全聚焦她在身上。還有一桌大約十幾歲的女孩子們「呀～呀～」喊著。

實際上，連我第一次見到時，都被她迷住呢。這代表我的感覺沒有錯。

如果有什麼希望成為妹妹的美少女排行榜，她肯定躍升至第一名。雖然穿女侍服的妹妹可能有點怪。

「這個，各位，一直這樣盯著我的話，我會……坐立難安……」

滿臉通紅扭扭捏捏的萊卡，破壞力更上一層樓。

終於有顧客連鼻血都噴出來。

「果然還是萊卡妹妹啊。」

「認真的女孩穿這樣特別好看呢。」

「哈爾卡拉妹妹也不錯，但那女孩太會做生意了。」

「女孩子的優點畢竟不是胸部而已呢。」

「話雖如此，還是很喜歡胸部啦！」

到處都傳來有點問題的發言。

乾脆直接開女僕咖啡廳賺錢算了？不……老老實實狩獵史萊姆賺錢的生活比較好。

雖然有些地方出乎意料，但店面的評價本身不錯。

「這杯果汁，真的好爽口呢！」

「湯喝起來也好溫暖。明明是家常菜，卻兼具餐館的高雅呢！」

菜單全都是高水準的菜餚。我有自信能讓顧客滿足。這也多虧萊卡與哈爾卡拉。

當然，如果沒有我檢查的話，有可能會端出什麼不得了的東西……

可是，顧客好評如潮，與忙碌是同義詞……

接近中午時分，夏露夏就已經癱坐在後方。

「媽媽，腳已經動不了了。對不起。」

夏露夏的確體力不太好，況且又是重勞動。

「好好休息吧。忙到沒時間關心妳，媽媽才應該道歉。」

「那、那麼……我只負責結帳就好……這樣就不用跑來跑去了……」

「知道了。不過，如果撐不下去的話，別忍耐，要說出來喔。」

雖然一喜一憂，但真沒料到會這麼受歡迎。還有許多幾乎不認識的臉孔，不只弗拉塔村，好像還有從更遠的地方前來的。

如果是日本的拉麵店，或許可以說今天湯賣完了，下次請早。但我們是咖啡廳，況且又是只限今天的臨時店面，不好意思向顧客說歡迎之後再來。

總之先努力工作吧。

正好，一張桌子空出坐位。

得迎接下一位客人入內，我高雅地打開門。

「讓您久等了！請問幾位呢？」

「一個人。」

是熟悉的面孔。

「別西卜，怎麼了，經常見到妳呢。應該說，難道魔族的工作，很閒嗎？」

「拜託，妳對客人太失禮了吧……小女子對這種情報很敏感的。」

別西卜是讓愛哭小孩都不敢哭的高等魔族，但其實是好人。之前還曾經受過她的幫助。

「可是，目前看起來，生意好到忙不過來哪。」

「果然看得出來嗎～現在已經忙得分身乏術了……」

就在這時候，我想到一個好點子。

不，與其說好點子，其實是單純的拜託。

「我說啊，別西卜，如果方便話可以幫忙接待客人嗎……」

我雙手合十試著拜託她。向魔族雙手合十，有點邪教崇拜的感覺呢。

「真是的……妳總是把小女子當成跑腿一樣使喚……小女子可是魔族啊……可不

是讓妳輕易使喚的對象……得意忘形也該有個限度——不過，要幫忙也可以。」

「非常感謝妳！」

老實說，我早就認為只要拜託她就有辦法。別西卜就是這樣的人。

「畢竟看妳低頭懇求，小女子也不好意思拒絕哪……」

有些害羞的別西卜表示。

「對了，有女侍服嗎？雖然穿這樣也不是不行，但還是那種輕飄飄的衣服比較好吧。」

看來她相當起勁呢，說不定只是想穿穿看吧。話雖如此，別西卜平常的服裝就露出肩膀，類似白天營業的咖啡廳服裝倒是事實。

「我有多準備一套供弄髒時替換，穿那一件吧。」

「嗯，小女子到空房間換個衣服就來。」

拜託了，別西卜。薪水我會照實支付的！如果要加班的話會付加班費！

等待幾分鐘後，別西卜表示「可以了」，因此我進入房間。
果然沒錯，整齊穿戴女侍服的別西卜就站在房間內。
「尺寸剛剛好合身，做得相當不錯哪。」
本人也對著穿衣鏡確認服裝。果然，她正樂在其中。
不過，有一個地方，不太對勁。
「啊……翅膀從服裝伸出來了……預備的服裝是借來的，卻開了洞啊！」
「拜託，這種小洞，用修繕魔法就能恢復了。」
「咦，有這麼方便的魔法嗎？完全沒聽過呢。」
「既然妳沒聽過，代表似乎只在魔族之中流傳哪。」
魔族怎麼這麼進步啊，這種魔法能讓修繕業者關門大吉呢。
別西卜迅速撩起袖子。
「好啦，接下來該做什麼才好？讓妳見識高等魔族的待客術吧！」

「我想想，那麼，能幫忙記下顧客點的餐嗎？每張桌子上都貼著小張的編號紙，這樣就能知道是幾號桌了。」

「交給小女子吧。看小女子做十人份的工作。」

然後別西卜颯爽衝向戰場（這只是比喻而已）。

新店員的登場讓顧客的視線再度集中。

「新、新人小姐登場了！」

「是之前的店員中最充滿氣質的小姐呢。」

「不，應該說散發出軍人般的凜然氣氛！」

高等魔族別西卜的走路方式，的確每一步都有模有樣。

動作絲毫沒有多餘，背脊也挺得筆直。

不過，倒是有一點，讓人不安之處。

平常高高在上的別西卜知道怎麼待客嗎？總不會對顧客說「喂，小子」這種話吧。雖然秋葉原好像也有這種店，但概念上不一樣。

別西卜毫不客氣地將裝了水的玻璃杯盛放在托盤上，前往剛進店的顧客坐的座位上。

顧客也對氣氛高高在上的店員前來有些許心理準備，小孩子則早就嚇到。

不過，接下來發生出乎意料的事情。

只見別西卜的表情，變得極為柔和又友善。

「歡迎光臨～♪請用水！歡迎您今天蒞臨『魔女之家』！決定好要點什麼的話就請告訴我喔！」

漂亮的應對！她明明沒有練習過吧！

而且，對於點了點心套餐的顧客，甚至還能完整提供「這種甜的點心應該很適合這種茶飲」之類的提議。這是老手店員等級的技術呢。

「好的，收到您的點餐了！請稍後片刻！非常感謝您今天惠顧本店！」

最後連孩童顧客都開始表示「姊姊，好漂亮～！」的好意。

「謝謝喔，你如果長大也會很帥呢。拜拜囉！小女子會再端料理過來！」

我是不是在做夢啊……

原本擔心她肯定會說「小女子很偉大的。點些不會造成小女子負擔的簡單菜色，吃完就趕快回去」這種話，看來太杞人憂天了。

而且連老氣的語氣都改變了。

「廚房，客人點香草茶與紅蘿蔔戚風蛋糕套餐，還有綜合果實果汁，兩份！」

「我、我知道了……」

站廚房的哈爾卡拉嚇得發抖。

©Benio

過了一會，正巧有機會與別西卜面對面。

「怎麼樣，像蒼蠅一樣勤勞工作吧？」

人類世界沒有這種形容方式，所以我也不清楚。

「妳當店員的時候，連口氣都改變了呢……」

「小女子會高高在上，只有立場理所當然高高在上時而已哪。店員怎麼能比顧客高高在上？小女子可沒有笨到連這點道理都不懂。」

由於她說得太正確了，沒什麼好抱怨的。

「噢，又有客人點包果實的可麗餅了。那麼，就利用巧克力醬，畫點插圖之類的吧。」

「妳連這種都會啊!?」

「沒有小女子辦不到的事。」

別西卜一臉得意地表示。

之後，別西卜還表演驚人絕活，像是從非常高的地方將茶注入茶杯內，或是在杯子上以奶泡拉花等技藝。

「亞梓莎大人，來了相當不得了的幫手呢……」

萊卡視線的彼端，是別西卜高高舉起手從茶壺將茶注入茶杯中。

「哎呀~果然，有麻煩的時後就該試著拜託他人，不能獨自埋在心裡。」

號稱從事十人份工作的別西卜，這句話說得完全沒錯。
多虧她的幫忙，咖啡廳「魔女之家」的顧客滿意度進一步提升。
「香草茶沒錯吧！非常感謝您！」
又傳來別西卜開朗的聲音。
冷靜一想，高等魔族正常地待客的咖啡廳堪稱前所未聞呢。

◇

加上別西卜的幫助，咖啡廳「魔女之家」的運作也終於有餘力，好不容易撐到關店時間的晚上七點。
所有店員都目送最後的顧客離去。
「感謝您今天的惠顧！」
接著，結束營業後，我緊緊摟住別西卜。
「謝謝妳！真是幫了大忙呢！」
「嗯，早就知道妳對小女子心懷感激了，儘管多稱讚小女子無妨。」
現在她可以隨意露出得意的表情。她有這個權利。
「嗯，好棒，好棒喔！」

「那麼，做為感謝的心意，讓小女子點些東西吧。更何況小女子原本就是來當顧客的。」

她說得沒錯。結果一直讓顧客幫忙工作，仔細想想，這間店也太超過了吧……

「嗯，這是應該的。多點一些吧，當然統統免費喔。」

「也對，那麼，餐點要這一頁的全部，蛋糕要這個這個和這個，飲料則是這個這個與這個，還有這個也要。」

「吃太多了吧。」

「工作了那麼久肚子當然餓了哪。還有，拿兩瓶『營養酒』來。」

雖然菜單上沒有，但哈爾卡拉馬上跑去拿。感覺好像面對可怕畢業校友的反應。

餐點由萊卡和我負責準備。等待期間，別西卜和兩個女兒開心地聊天。

「來，法露法，這是關於微分與積分的書籍喔。」

「哇～！別西卜小姐，謝謝妳！」

「夏露夏則是關於魔族歷史的書籍。」

「謝謝妳，我會仔細閱讀。」

在日本也有特別寵愛姪女的阿姨，大概是類似的心境吧，別西卜十分寵愛法露法與夏露夏。不對，她也接受我不少拜託，或許她對誰都十分寵愛。

不過，兩個女兒可能因為不習慣的工作而疲勞，一打開書本頓時進入夢鄉。

要是抱到床上去的過程吵醒她們也有點不捨，因此改以蓋上毛巾毯。
然後，料理滿滿排在別西卜面前。
順便也擺上我們用餐的盤子，畢竟剛才忙到沒時間吃飯。
「嗯，味道堪比餐館了哪。雖然還有不夠洗練的部分，但咖啡廳也沒必要端出宮廷料理，這樣做得還不錯。」
似乎算是評價合格了。
「原本因為這附近村子要舉辦祭典，才打算去看看。結果哪，發現前一天要開設咖啡廳，就順道過來逛逛。」
「原來如此，完全讓妳幫忙真是抱歉喔。」
「再那樣忙下去，感覺很快就會忙不過來，因為來了許多趁祭典氣氛的好奇村民哪。」
「的確是這樣呢。蒞臨的顧客人數是原先預估的四倍。」
剛才哈爾卡拉一算營業額，是預料中的四倍。
最精通算帳的應該屬哈爾卡拉，因此交給她。
附帶一提，談話過程中別西卜一直默默吃著東西。真是有精神的魔族。
「好啦，小女子今天會來，其實還有其他事情。」
說著，別西卜拿出一張以魔族語寫成的紙張。

「我完全看不懂魔族語呢……而且，這上頭又擠滿了文字……」

「簡單來說是這樣。『高原魔女亞梓莎榮獲魔族勳章授予者資格，希望不吝撥空務必出席』。」

「噢，魔族勳章嗎——等等，這是什麼啊!?」

頭一次聽到這個詞。

「更何況，我又不是魔族！雖然長生不老活了三百年，但我是人類！」

「噢，魔族勳章的意思哪，不是『頒發給魔族的勳章』，而是『魔族頒發的勳章』。受獎人是誰則不過問。」

原來如此，日本也會頒發獎項給外國人呢。

「這次妳得的獎是和平項目。之前不是解決了龍族的爭執嗎？只不過，獲獎原因並非只有打敗敵人而已，事實上還締造了長久的和平狀態。雖然推薦人是小女子就是了。」

拜託，她在別人不知情下做了什麼啊！

魔族居然會讚揚維護和平的活動，這與魔族的印象也差太遠了。

「距離頒獎還有一段時間，不過機會難得，大家可以一起來魔族國度遊玩。會款待到妳們吃不消為止。」

「那麼就去吧。畢竟接受過妳們的恩情，拒絕也太不給面子了。」

「嗯，那太好了。」

不過，個性謹慎的萊卡似乎還有些疑慮，想法全寫在臉上。

「這個，我們前往魔族的國家，究竟安不安全呢？如果所有人都像別西卜小姐這樣應該無妨。」

「現在幾乎沒有想與人類開戰的傢伙了，放心吧。」

聽別西卜的口氣似乎完全不用擔心，當作轉換心情剛剛好吧。

「知道了。由於亞梓莎大人的體質容易被捲入麻煩，雖然還有點不放心……」

「不會吧！為什麼萊卡要特別叮囑我啊!?」

萊卡在反抗期耶！

「這不是叮囑。吾人當然相信亞梓莎大人。但是，容易被捲入麻煩的體質是事實。事實就是事實。」

被她說得這麼斬釘截鐵，還真難反駁……

「而且，還有專門惹麻煩體質的人。」

萊卡以略為冷淡的視線望向哈爾卡拉。

「咦～！這次怎麼輪到我了啊！」

「哈爾卡拉小姐，希望妳克制一點，不要惹魔族生氣。尤其妳和亞梓莎大人不同，連自己都無法保護，所以要特別注意。」

總覺得，萊卡好像監護人喔。

「放心啦。其實，我已經習慣旅行了～一開始前往其他州的時候，旅費還在半路上遭竊，但靠著打工確實抵達了目的地喔～」

「居然還遭竊喔！」

我忍不住吐槽。

「不不不，那只是少數金額。第二次出門長途旅行時，也被一群有點可怕的集團包圍，不過有確實向警衛士兵求助喔～」

萊卡望向我，表示「看，確實該擔心吧」。

「也對……到時候得提高警覺……主要是哈爾卡拉……」

偶爾也是會有人符合「這次沒事、下次也會沒事」的理論發展，哈爾卡拉明顯就是這種類型。

當天讓別西卜也留下來過夜。

既然她幫了這麼多忙，就有義務好好款待她。

「還會幫妳準備洗澡水，妳就第一個洗吧。還可以幫妳搓背喔。」

「那麼，小女子和法露法與夏露夏一起洗。」

「她們兩個還在睡呢……不過，還是應該洗過澡再睡。知道了，我去叫醒她們。」

別西卜頓時露出開心的表情。

感覺她又會提出收為養女的要求呢。女兒讓她寵愛可以，但可不能送給她。

「小女子為了她們兩個，還帶了這個來。」

她拿出的是內部呈現空洞的鴨子玩具。

「這玩意能飄浮在浴池上，洗澡會變得更有趣。」

「原來這個世界也有這種東西啊……」

兩個女兒也很高興與別西卜一起洗澡，就這樣吧。

走出浴室後，別西卜依然意猶未盡地擦拭女兒的頭髮。

「啊～真是的，兩人都好可愛哪！」

她這麼愛小孩啊，拜託喔。

「真希望能帶哪一個回去呢！」

「就知道妳會這麼說！絕對不可以喔！」

由於她有可能真的會實行，要斬釘截鐵地說ＮＯ。

自從洗好澡後，別西卜與哈爾卡拉就開始聊起「營養酒」等其他相關話題。

「能不能在魔族的土地上種些有滋補強壯功效的植物？身為農業大臣，想推動增加商品作物的政策哪。」

「啊，那麼，能不能提供土地氣候的相關資訊呢？我可以列個有機會種得活的植物清單喔。」

一提到這種話題，哈爾卡拉也是內行呢。

雖然有些迷糊，但確實也有專家的一面。

聊著聊著，轉眼間便到了就寢時間。

「那麼，明天一起去參觀祭典怎麼樣？」

「嗯，這也不錯呢。那麼就這樣囉。」

就這樣，咖啡廳「魔女之家」漫長的一天到此結束。

◇

隔天，我們一行人包括別西卜，前往在村子舉辦的舞蹈祭典。

村子各處從上午開始就已經有人在跳舞。

還有不少攤販林立，賣的商品應有盡有。真的是應有盡有。因為就像日本的跳蚤市場一樣，還有人將自己家裡用不到的東西拿出來賣。

「哦，鄉下的祭典倒是辦得挺用心的嘛。」

「今天就高高在上了嗎？雖說在鄉下舉辦的祭典，這句話倒是客觀的事實。」

相較於大都市的祭典，規模當然有限。

其實這樣就夠了，樸素的祭典剛剛好。

不過，祭典樸素的話，我們這一行人走在其中，必然引發驚人的騷動……

「哎呀！是魔女大人駕到呢！」

「昨天的俐落女服務生小姐也在喔！」

「來，快點讓路給她們過！」

我們走的路上前方頓時一空，呈現摩西分海的狀態。

「不不不！這樣反而顧慮村民而寸步難行，正常一點就可以了啦！」

只不過，事到如今村民們卻不肯讓步。

「不不不，請魔女大人務必走大馬路！」

「對啊！某種意義上，魔女大人就像大家的神一樣呢！」

結果變成這樣……

「沒辦法，亞梓莎大人。吾人認為亞梓莎大人今天就表現得像神一樣吧。」

雖然萊卡抬舉我，但身為龍族的萊卡也差不多喔。

「那麼，萊卡就試著以神的態度走走看吧。這樣我也會有樣學樣。」

「才、才不要……區區吾人怎麼可以這樣僭越……」

「看～怎麼可以將自己不想做的事情推給別人做呢。」

關於這點，這次倒是有個人習慣高高在上了。

「哦，這裡的村民們倒是很懂得分寸哪。」
大大方方散發高高在上的氣勢，別西卜昂首闊步走在摩西分海之道。
法露法也跟著模仿，挺起胸膛邁開腳步。夏露夏躲在法露法背後跟著走。
這點程度倒還在可以一笑置之的範圍內吧。
我們就這樣在各式各樣的攤販買東西吃，同時偶爾跟著跳舞。
攤販有賣雞、羊、豬、牛等五花八門的串燒，串燒還能邊走邊吃。
「萊卡，哪一種最好吃呢？」
「這個呢，羊肉好像添加了各種香料，讓人食指大動呢。」
「什麼啊，全部都吃不就得了。」
別西卜當然所有種類都買。
「妳肯定是不知節食這兩個字怎麼寫的類型……」
一如這句話，她真的太肉食系了。
「小女子的體質怎麼吃都不會胖。」
這句話在女孩子聽了會不爽的排行榜中可是名列前茅。
「而且之前一直在工作，忙得很哪。」
可是卻感覺經常遇到別西卜，她真的有在工作嗎？
「奇怪，話說回來，哈爾卡拉怎麼從剛才就不見蹤影……」

朝四周張望了一眼，發現她已經喝醉睡在地上。

「唔～我已經喝不下了……」

「哎～真是的！不要睡在地上！學著點啦！」

無可奈何之下，我將她拉起來。

「亞梓莎大人，至少吾人懂得學習。」

只見萊卡掏出一個小瓶子來。

「這是什麼？」

「聽說是哈爾卡拉小姐研發，對酒醉很有效的飲料。附帶一提，這東西的苦澀程度簡直不像世間存在的東西。吾人事先已經準備好了。」

然後萊卡將飲料倒進哈爾卡拉的嘴巴裡。

「這樣絕對會酒醒，威力就是這麼強。」

就在一半飲料流進哈爾卡拉的嘴裡時——

「噁～！這是什麼味道啊！簡直像在地獄深處熬煮的痛苦流進嘴裡一樣！」

「到底是什麼味道啊！」

「這種東西是誰製作的！」

「就是妳！就是妳製作的！」

「噢，那個醒酒藥嗎？由於味道太難喝了，結果完全賣不出去……」

哈爾卡拉很快就恢復清醒。呼，太好了，太好了。

由於在村子中心散步許久，我們找間咖啡廳休息。

其實是平常賣完全不同東西的商家，臨時在祭典時期開設咖啡廳，和我們昨天開設的店是相同的系統。

因為村子裡的店鋪不多，祭典時期有必要像這樣增加數量。

連附近的城鎮也有訪客前來，人口密度是平時的好幾倍。

「夏露夏，這場祭典的起源是源自於遠方喔。」

「應該是信仰豐饒女神的祭典傳播到此處，讓人感興趣。」

「妳果然知道哪。」

別西卜與夏露夏在聊學術話題，反正基本上只要享受祭典就好。目前外頭依然持續播放跳舞用的快活音樂。

「另外不久以前哪，這種祭典的日子都用來讓男女邂逅，在祭典上認識的男女雙方共度熱情的夜晚。」

「拜託拜託！不要灌輸女兒奇怪的知識！」

這種話題還太早了啦！

「終究只是學術話題哪。而且，男女墜入情網本身並非壞事吧。」

「唔……其實道理我也明白……」

可是，夏露夏這時像優秀的暗殺者一樣，捅了別西卜一刀。

「欸，別西卜小姐曾經與男人相愛過嗎？」

「拜託，妳說這什麼話呢，夏露夏啊……」

「噢，因為提到了這方面啊，夏露夏與法露法都不太清楚。」

「嗚哇……小女子對這方面也不太清楚……是外行哪……」

別西卜頓時滿臉通紅。

啊，原來，她雖然能主動提及情色相關的話題，但話題轉到自己身上就無法應對呢。

應該說，看她的模樣，至少絕不會是情場老手吧。

「法露法也想聽呢～」

這時候法露法也參戰。別西卜已經完全招架不住。

「應、應該說這些對妳們還太早，還是由小女子來說明不合適呢……對了，這種事情應該問妳們的媽媽才對……」

「哇！撇清責任了！」

「囉嗦！妳還不是一樣不喜歡別人提到這種話題！」

我望向一旁尋求救命稻草，結果萊卡露骨地佯裝不知，立起壁壘表示不想被這種話題波及。

畢竟萊卡十分嚴肅，多半不喜歡男女話題的玩笑吧，還是算了。

哈爾卡拉肯定只會說「情人就是酒」，略過吧——

「師傅大人！您剛才是不是在想，即使向我提起男女的話題也沒有意義吧！」

驚。露餡了嗎。

「附帶一提，不少頭一次見面的人都主動展開追求，可是一看到我喝醉的模樣就幻滅了呢。」

「果然，情人就是酒嘛……」

在我們聊著無關緊要的話題時，村長進入咖啡廳內。

「魔女大人，昨天咖啡廳的生意好得不得了呢！」

「嗯，託您的福。雖然生意太好了有點傷腦筋。」

附帶一提，昨天村長夫婦也光臨咖啡廳。

畢竟出於立場，村長也不可能輕視高原魔女。村長的職務之一，似乎包括與高原魔女維持良好關係。

「所以說，如果方便的話，希望魔女大人能乘坐貢多拉。」

村民提出讓人摸不著頭緒的提議。

「貢多拉（gondola）？龍（dragon）我倒是騎過。」

「像是裝了車輪的盒子。」
噢，就像日本祭典的山車吧。
「祭典的最高潮是貢多拉遊行隊伍，有許多村民希望魔女大人務必能乘坐。尤其昨天無法前往咖啡廳的男性們殷殷期盼！」
「是喔，雖然有些難為情，但機會難得，坐坐倒是無妨。」
「方便的話，能不能以女服務生的打扮乘坐……村民們也會很高興……」
這是什麼要求啊。
萊卡已經紅著臉表示「又來了……」
不過，穿普通的服裝乘坐，讓村民們失望也過意不去。
我拍了拍萊卡的肩膀。
「助人為快樂之本，萊卡。反正是祭典，就當作特別服務吧。」
「知、知道了……既然亞梓莎大人這麼說……」

就這樣，我們坐上了貢多拉。
而且打扮成女服務生。
老實說，盛況空前到難以想像。
「魔女大人萬歲！」「魔女大人萬歲！」「魔女大人萬萬歲！」「非常感謝您！」

雖然只是在移動的貢多拉揮揮手而已，不過歡呼聲好驚人。

感覺像轉生成為超人氣偶像一樣。即使覺得有些難為情，但讓村民感到開心倒也不錯。

「萊卡大人！」「萊卡大人最棒了！」「昨天有光顧咖啡廳喔！」

哎呀，怎麼萊卡的加油聲也很大呢……

「不、不好意思！請不要加『大人』兩個字！稱呼吾人為普通的萊卡即可！」

話說回來，連稱呼都變成了萊卡大人。昨天在咖啡廳的時候，明明還稱呼萊卡妹妹的……

「害羞的一面特別棒！」「當我妹妹吧！」「萊卡大人！」

嗚哇……因為開設咖啡廳，讓村民們完全對萊卡的可愛覺醒了嘛。這該不會對萊卡有些抱歉吧……

「哎呀，萊卡小姐，太好了呢。很受歡迎啊。」

哈爾卡拉說著絲毫算不上安慰的話。

「吾人對於這樣，有點……」

萊卡，這樣戰戰兢兢的態度反而更強調可愛，會有反效果喔。不過，連我也想多看幾眼這樣萊卡，因此沒作聲。

我的妹妹太可愛了！

「嗚嗚～亞梓莎大人，拜託您再顯眼一點，幫忙分散集中在吾人的視線吧！」

難以忍受熱切視線的萊卡，忍不住哭了出來。具體而言，是緊緊摟住我。若純論視線確實躲得過，但觀眾們反而更加興奮地大喊「哇，這樣真讚！」「真是高貴！」

「啊～被可愛的妹妹緊緊摟住，我真的好幸福～」

「亞梓莎大人，您說的這是什麼話嘛！」

打扮成女服務生的我們乘坐的貢多拉，變成祭典中最受歡迎的活動。

之後，由於有招攬顧客的能力，因此村長拜託明年也要舉辦。

「這要考量萊卡的態度等方面再決定……」

「魔女大人，拜託您持續舉辦了！」

對啊，祭典就是像這樣變成每年的慣例，然後定下來的。

我一邊聽著村民熱烈續辦的要求，心中同時如此想著。

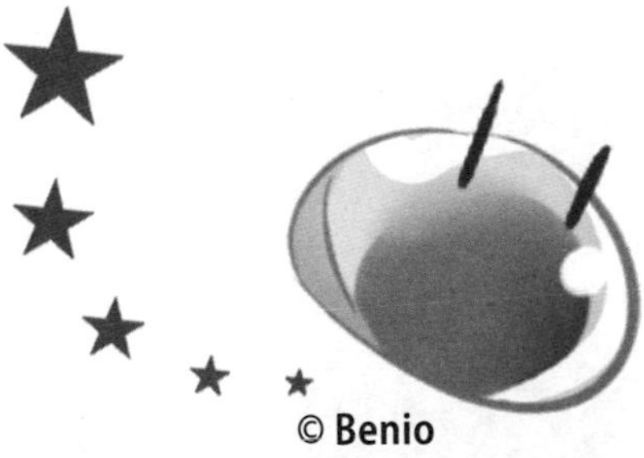

亞梓莎·埃札瓦（相澤梓）

本書主角。一般以「高原魔女」之名為人所知。轉生成為永保十七歲容貌，長生不老魔女的女孩（？）。不知不覺中變成世界最強，也遭遇過不少麻煩，但因此擁有了家人，非常開心。

堅持下去就是力量。
我只做能堅持下去的事情！
© Benio

亞梓莎大人，今天依然
誠心誠意，努力精進！
© Benio

萊卡

龍族女孩，高原魔女亞梓莎的徒弟。一本正經又相當自我感覺良好，卻是認真而努力不懈的好孩子。非常適合歌德蘿莉或女僕服等輕飄飄的褶邊服裝（本人倒是十分害羞）。

哈爾卡拉離家疑雲

She continued destroy slime for 300 years

「不好意思，兩天後的煮飯值日，可以與師傅大人今天的班交換嗎？」
祭典結束，恢復平穩生活之後的第五天。
哈爾卡拉一大早如此告訴我。
「這倒是沒關係，不過兩天後有什麼事嗎？」
「我要去納斯庫堤鎮。」
納斯庫堤鎮是距離弗拉塔村步行距離大約一小時左右的鄰鎮。我偶爾也會去那裡，但終究是「偶爾」。
去買東西嫌太遠，況且又不是很大的城鎮，沒有多少在該處才買得到的東西。是個樸素的小鎮，唯一的感想只有比弗拉塔村大了一圈。
畢竟，距離弗拉塔村只不過這點路程，若是發展出獨自的特色才奇怪。
「為何要去那裡？」
「去探路啦。那麼，我去澆花囉～」

僅說到這裡，哈爾卡拉已經迅速離席。

結果，一直難以啟齒問她要探什麼路……

隔天中午。

哈爾卡拉在飯廳窸窸窣窣翻著某些紙張。

「也對～希望能有這麼寬～不對，既然這樣，乾脆再找更大一號的吧～不過，還是只能直接向不動產業者交涉了呢～」

傳來這樣的聲音。

咦，不動產？她要買土地或房子嗎？

該不會——

哈爾卡拉要成家，打算獨立單飛!?

其實之前並非心裡沒底。哈爾卡拉一直被當成活寶角色開玩笑。雖然原因出在哈爾卡拉本身，但老是被開玩笑可能也不會感到高興。

關於配藥師這方面我敢說從未輕視過她。可是……私生活等其他方面粗枝大葉，結果可能多半在叮嚀她……

該怎麼辦？要告訴她別搬出去嗎？

可是，她一句話也沒提過要搬出去，急著慰留她也很奇怪吧？

而且，社會人士要如何決定自己的未來，是個人的自由。這和叫念大學的小孩住家裡通勤又不一樣。
獨自煩惱之際，哈爾卡拉已經出門不知前往何處。
「冷靜一點，冷靜一點……又還沒確定要搬出去……」
可能是自己會錯意，我看了看哈爾卡拉放在桌上的紙。
全都是納斯庫堤鎮的不動產資訊。
而且，甚至還劃紅線核對過。
「嗚哇！好認真喔！」
這時候，萊卡有些慌張地走上前。
而且，還左顧右盼觀察四周。
「這個，亞梓莎大人，方便借用一些時間嗎？」
「嗯，有什麼事？」
「雖然尚未確定，但是哈爾卡拉小姐該不會準備搬出去吧？」
「連萊卡也有這感覺!?」
由於不方便在這裡談，因此前往我的房間。
「前幾天，她進入調配藥劑的工作室。結果呢，在房間內說出這樣的話：『到了下一個場所，就有更寬廣的面積了呢～』下一個場所該不會就是指新家吧……」
「對啊……果然，她打算搬出去呢……」

身為配藥師的她已經出師，我也沒什麼能教她的事情。若問我是不是一個稱職的師傅，其實也有不少疑點。

「之前，吾人也稍微調查了一下納斯庫堤鎮，由於海拔比這裡低，靠近城鎮的森林也十分茂密，似乎可以採集到各種藥草。她該不會看上這一點才打算搬家吧……」

頃刻，我和萊卡沉默不語。

「該勸阻她別去嗎？」

由於不知道該怎麼辦，我詢問萊卡。

「吾人認為都可以。這件事情應該由亞梓莎大人決定，不過——最終決定權在哈爾卡拉小姐手上。雖然我們過著家人般的生活，卻並非真正的家人。」

萊卡說得沒錯。

而且，我和萊卡都還沒直接找哈爾卡拉談過。

換句話說，甚至都還沒開始煩惱，意志也還算堅定。

「嗯，謝謝妳，萊卡。我的心中已經有答案了。」

我露出有些寂寞的笑容。

「所以說，師傅的答案是……？」

「妳先留在這裡一下，我去找兩個女兒來。」

然後我帶來在自己房間閱讀艱深書籍的法露法與夏露夏。

「這個，首先呢，等一下的內容絕對不能告訴哈爾卡拉。知道吧？」

「好～！」「嗯。」

得到女兒的同意。

然後我將哈爾卡拉準備搬出去的事情告訴兩人。

「咦！哈爾卡拉姊姊要離開了嗎!?」

法露法眼淚快奪眶而出。

「法露法，安靜一點喔。雖然很可惜，但可能性很高。」

「夏露夏也一直有這種感覺。哈爾卡拉小姐還說過『我差不多也該趁機改頭換面了吧』。」

果不其然。這麼一來，我們也該卯足自己的全力。

「各位，這終究是哈爾卡拉為了自己的幸福做出的決定，我認為不應該妨礙。可是，即使要離開這個家，也可以締造美好的回憶吧？」

法露法聽了點頭同意。

「所以，明天晚上，幫她舉辦盛大的餞別晚會，給她一個驚喜吧！」

「附帶一提，為何是明天晚上呢？」

萊卡，剛才的問題問得好。

「因為隔天，哈爾卡拉要去找鎮上的不動產業者啊。如果感激我們的付出，說不定她會選擇留下來呢。」
換句話說，舉辦餞別會的同時，也是挽留哈爾卡拉的最後機會。
「幫她舉辦餞別會，可是，我不希望與她分開。這才是我的真心話。」

◇

實質上，時間底限大約整整一天，得盡速準備才行。
「萊卡就拜託妳負責餞別會的菜肴了。」
「好的，吾人明白。話說哈爾卡拉小姐喜歡什麼樣的料理呢？」
「比起料理她更喜歡喝酒呢……既然是精靈，應該喜歡蔬菜吧。」
「也對，那就準備蔬菜大餐吧。」
「我用飛的去買高級酒回來。」
這時候就該豪邁一點花錢。飛到南提爾州的州府維達梅，買瓶連哈爾卡拉都會吃驚的高級酒來。
「媽媽，法露法與夏露夏該做什麼呢？」
這個……讓兩個女兒……好，就最大限度地利用小孩子的特權。
「妳們兩個寫留言卡片吧。」

「那是什麼？」

「就是寫封信，當著哈爾卡拉的面前念出來。之前與哈爾卡拉小姐一起生活的日子很開心，回憶很快樂之類的東西。」

這招應該很有效。或許有機會挽留她……讓她決定還是別搬出去。

「還有呢，夏露夏很擅長畫肖像畫喔～」

這時候姊姊提供值得一聽而且具衝擊性的情報。

「咦，是這樣的嗎，我怎麼完全不知道……」

「夏露夏覺得讓人看到畫很難為情，才一直隱瞞。而且最近沒有在畫，猜想媽媽可能不知道。」

聽到法露法提及自己的夏露夏似乎感到困擾，眉毛垂成八字形。

「等、等練好畫技之後會讓別人看……在那之前一直封印……」

我單純好想看。這可是女兒畫的畫呢，當然想看啊。

「這個呢，如果夏露夏願意的話，能不能讓媽媽看呢？媽媽，好想看夏露夏畫的畫呢～好想知道媽媽所不知道、夏露夏的一面呢～」

「知道了。可是，不要明明畫得不好看卻說好看。錯誤的認知會蒙蔽看待真實的眼光。」

「知道了。媽媽答應妳，絕對不會欺騙夏露夏。」

夏露夏點頭同意後，表示「現在去拿來」，然後跑向房間。
「畫得像這樣。」
回來的夏露夏，缺乏自信地遞過像是素描簿之類的東西。
雖然沒有上色，但畫得超級好。
有好幾張是寫實的肖像畫。可能是在城鎮等地方中夏露夏認識的對象吧，其中還有幾張畫的似乎是夏露夏。
「這個，其實啊，不是媽媽誇獎說『畫得真好～』，而是真的畫得很棒……況且，不只是畫得好，彷彿還能確實感受到這個人內心之類的事物呢……都能傳達出這個人似乎十分溫柔的感覺了喔……」
萊卡也湊過身子看畫，還驚訝地表示「這可以找畫家拜師學藝了……應該說，這種才能務必要好好培養才對。」
「還沒有好到可以給別人看，所以好難為情……」
如果這樣還不能給別人看，倒想反問一下要到什麼次元才能給別人看呢。
我將手搭在夏露夏的雙肩上。
「夏露夏，媽媽任命妳為哈爾卡拉的肖像畫師。畫得稍微草稿一點也無妨，畫吧。即使那女孩要離開這裡，肯定也會成為她一輩子的寶物。」
「嗯，夏露夏會聽媽媽的要求。」

夏露夏點點頭同意。

「不過，答應夏露夏在完成之前不會來看。畫到一半被看見，感覺更難為情。」

「嗯，絕對不會看。媽媽答應妳。不會做出白鶴報恩裡的事情。」

「白鶴報恩？」

「有這麼一個童話故事。落入陷阱後受人幫助的白鶴，化為人的模樣前來報恩，以織布機織布。雖然提醒對方不可以偷看，但對方還是破了戒；結果發現變成白鶴的模樣工作，白鶴因而離去。」

「噢，類似分布於南方的喀爾修拉民間故事。」

聽起來很人文學的一句話，雖然不清楚內容……但總之有類似的故事吧。

準備內容大致上決定完畢，我趁當天前去買酒。

買了一瓶三十萬戈爾德的葡萄酒，以及一瓶五十萬戈爾德的蒸餾酒。

還是別去想得狩獵幾隻史萊姆吧，畢竟拿得出這些存款。機會難得，買十瓶都不是問題。

然後，天亮了，要舉辦餞別會的當日來臨。

不過，還有些問題。就是哈爾卡拉一直在家，沒辦法著手準備。

「哈爾卡拉，白天我想去採集蘑菇，可以來幫我的忙嗎？」

「嗯，好的，師傅大人！」

好，帶哈爾卡拉出門的作戰成功了。

我們吃完午餐，出門前往森林。是哈爾卡拉來之前就進過好幾次的森林。即便如此，依然有幾種蘑菇是哈爾卡拉告訴我名稱的。

「今天的採集有一點晚呢，平時都是在上午進行的。」

「有些原因啦。」

一想到這可能是最後一次共同作業，就覺得有些提不起勁。

「師傅大人，總覺得表情有些寂寞呢。發生什麼事了嗎？」

「這個呢，可能是心裡在想與離別有關的事情吧。」

「噢，是情人的忌日之類嗎？」

哈爾卡拉自己會錯了意。不過，也難怪她這麼想。

「即使不是生離死別，別離也是會突然從對方嘴裡聽到吧。」

「嗯，確實有呢。畢竟提出分別的一方，也會煩惱該何時說出來呢。」

啊，不懂裝懂的發言……

「雖然我的人生還算波瀾萬丈，但一直覺得離別應該俐落灑脫，算是希望有個對彼此都有意義的分別。不拖泥帶水，能勇敢邁出新的一步。」

「……嗯，也對。」

「這個，師傅大人，您在哭嗎？」
「沒、沒有啦……」
天色漸漸暗了下來。應該已經準備好了吧。
「回去吧，哈爾卡拉。」
「好的，師傅大人！」
能聽到她這樣叫我，大概也剩不到幾次了吧。

回到家之後，我說「在玄關前面等一下」，向房子裡的所有人告知我們回來了。
之後再度回到玄關。
「久等了。那麼，進來吧。」
「噢……發生什麼事了嗎？」
哈爾卡拉一臉不可思議的表情進入家中，打開通往飯廳的門。
「哈爾卡拉小姐，之前感謝妳的付出！」
大家滿臉笑容異口同聲。
然後，手邊有空的家人拍手鼓掌。
「請問，這是怎麼回事呢……還貼著寫了『哈爾卡拉姊姊，今後也要繼續加油』的紙張……」

哈爾卡拉的眼神在猶疑。成功給了她一個驚喜呢。
好，進入作戰第二階段。
法露法來到哈爾卡拉的面前。
「現在要念信喔。」
「咦？信嗎!?」
「給哈爾卡拉姊姊。姊姊為了法露法製作了許多好喝的果汁，還告知許多有趣植物的事情，法露法現在好期待去看香菇呢。雖然姊姊有些迷糊的地方，卻也因此絕對不會發任何人的脾氣，總是溫柔對待我們。得知這麼好的哈爾卡拉姊姊要搬走，法露法覺得好難過。希望姊姊能留在這裡，還希望聽姊姊說各種故事。不過，也希望姊姊能在新的地方更加活躍……雖然可能會嘗到各種辛苦……但是希望姊姊能不認輸，保持笑容活下——嗚、嗚嗚……姊姊不要走……」
感慨良多的法露法流下了眼淚。
雖然向哭泣中的女兒說做得好很奇怪，但肯定打動了哈爾卡拉的內心吧。
「這個，送給姊姊！」
「啊……謝、謝謝……」
哈爾卡拉接過了信。
「請問，這究竟是……」

緊接著，是夏露夏。

「這是，考慮到哈爾卡拉小姐的身分而畫的圖。」

畫的內容是哈爾卡拉坐在配藥用的房間。還是一樣，畫技好的不得了。哈爾卡拉的職業也一目了然。

「這個，呃……謝謝妳……」

即使一頭霧水，哈爾卡拉還是接過了畫。

「好啦，沉悶的話題先擱在一旁，今天就盡情喝個痛快吧！」

我將酒放在桌子上。

「三十萬戈爾德的葡萄酒『女神之淚』與五十萬戈爾德的蒸餾酒『榮華』！這可是大手筆買回來的，在喝醉之前要細細品嘗喔！」

「不會吧——！師傅大人，該不會哪裡弄錯了……」

「沒有弄錯喔！妳已經計畫要搬到納斯庫堤鎮了吧！所以，今天慶祝妳離家喔！」

結果哈爾卡拉突然臉色發青。

「怎麼了？難道妳也要哭嗎？哭出來沒關係喔。反正這裡只有家人，我們即使分離也還是家人啊！」

「這很明顯是誤會啦！我根本沒有打算搬家啊！」

哈爾卡拉的尖叫聲響徹房間。

我們全都目瞪口呆。

「咦？可是，明天，妳不是要去找納斯庫堤鎮的不動產業者？」

「是會去，但沒有準備要搬家啦。」

「那是怎麼回事？只有找到好房子才決定要搬家嗎？」

就像內定轉職的單位之後，才向現在的公司遞辭呈嗎？

「不是啦，就～說～了～我根本沒有要搬出去嘛！去找不動產業者，是為了在納斯庫堤鎮成立藥品及飲料的工廠啦！」

話說回來，她好像從很久以前就一直說在評估成立工廠……

「哎呀……這麼一來，一切都是我們的誤會……？」

「是啊。至少，我還打算繼續住在這個家裡呢。」

換句話說，這就不是餞別會了。

「什～麼嘛，害我白擔心了。」

我垂頭喪氣，因為一下子洩了氣。

「光是喝的就噴了八十萬戈爾德……」

「亞梓莎大人，實在很抱歉。吾人事前也應該多查證才對……」

「各位，怎麼現在氣氛變得我好像壞人一樣!?這樣有問題吧!?」

不過，就在這時候，孩子果然還是很純樸。

「原來姊姊沒有要搬走啊！法露法，好開心喔！」
法露法緊緊摟住哈爾卡拉。
「謝、謝謝！感覺終於有人為我高興了呢！」
對啊。既然是值得高興的事情，那就改舉辦這種宴會就好啦。
「那麼，現在就舉辦『恭喜哈爾卡拉留下來的宴會』吧！大家，去準備乾杯用的酒與果汁吧！」
總之當晚享用了一頓豪華的晚餐。
「啊~這瓶葡萄酒，真是順口又芳醇，讓人難以抗拒呢~」
「那是當然的啊。要感激涕零地喝喔。這種價格的酒，幾乎沒機會喝過。」
頂多只有獲邀參加村子的活動，村民開高級酒招待的時候而已。
「料理也美味的不得了。這些，全都統一成我喜歡吃的菜色了嗎？」
「因為是刻意配合哈爾卡拉小姐的愛好而製作的。雖然個人希望能多點肉，但剩下來可就麻煩了，要統統吃完喔。」
萊卡接二連三端料理上桌。
原以為每一盤都不算大，但看來是以數量決定勝負。
哈爾卡拉表示，若在納斯庫堤鎮開店的話，勉強在能徒步往返通勤的範圍；況且自己畢竟是老闆，只要上了軌道，不用自己每天親臨也無妨。

「對了，成立工廠不是需要相當多錢嗎？」

「我會以之前賺的錢投資。不過，即使生意失敗也不會負債，這一點很安全。畢竟在新天地開拓生意，有許多不確定能不能順利的不安要素。」

關於經營方面，哈爾卡拉似乎十分穩健，應該沒問題吧。況且也有成功的實績。

「納斯庫堤這座城鎮位於山腳下，因此，地下水正好流經該處，湧泉十分豐富。所以只要使用這些水，就有可能大量出售類似『營養酒』的健康飲料喔！」

果然，對於這方面的事情考慮得很周到。

「而且，雖然在弗拉塔村的勞動力有限，不過在納斯庫堤大約可以雇用十名職員左右。況且雇用納斯庫堤鎮民工作的話，還能創造就業機會，應該是不錯的選擇。」

「是嗎。那就以城鎮名產為目標，努力打拚喔。」

「是的！我會努力工作的！」

雖然三分鐘後哈爾卡拉已經酩酊大醉，沒辦法繼續有建設性的話題……

「應該會順利吧。」

萊卡露出關照的笑容。

「對啊。等工廠開始運作時，再舉辦宴會之類吧。」

慶祝家人開創新事業本身是成功的，可喜可賀，可喜可賀。

幽靈出現了

哈爾卡拉的計畫依照預定進行，終於來到工廠即將營運的時候。

雖說是工廠，其實並沒有鋪設許多根粗大管線，也沒有最新型機器人在生產線上運作。這個世界沒這種文明。基本上與普通的店鋪無異。

感覺像是家庭手工的稍微擴大版，連在瓶子上貼標籤都以手工進行。

另外，建設工廠本身，還多虧萊卡向認識的龍族尋求幫忙，短短五天就幾乎完成。

雖然哈爾卡拉表示「由於工程費有剩餘，餞別會的高價酒就由我買下……」但這種小事其實不用在意。等賺到錢之後，再請客就行了。

當然，只完成建築本身，工廠尚未成立。建立搬運必要材料的體系與準備料件，讓哈爾卡拉忙碌了一段時間，從一大早工作到接近深夜，累得疲憊不堪。

此外，由萊卡變成龍接送她往返。

尤其哈爾卡拉的火辣身材走在夜晚的道路上，實在很危險。

「這個，會不會工作過度了？千萬不要過勞死喔……」

「不會不會，即使疲勞也只要喝一瓶『營養酒』就能再拚一下。不過，最近『營養酒』一天的消耗瓶數好像有點增加了呢……」

顯然，這樣很不妙！都已經是大人了，不可以放任她不管！

「下次務必晚上八點回家！這是師傅的命令！」

「呃……問題是這麼一來，進度會落後耶……」

「那就雇用人手，想辦法解決問題！勉強自己扛起所有問題，真的會撐不住喔！只是撐不住也就罷了，萬一死翹翹可就完蛋了！」

「師傅大人，這一點毫不退讓呢……」

由於我說得十分堅決，連哈爾卡拉都睜大了眼睛。

「畢竟，我曾經有過勞死的經驗……」

上輩子在日本，有一天，我就這樣倒地猝死。說出自己的遺憾後，連哈爾卡拉都露出不可思議的表情。

「知道了。我會讓職員能兼顧家庭生活與工作的！到了假日我也會好好放假！」

於是，半強迫改善哈爾卡拉本身的黑心勞動狀態，原以為接下來工廠可以順利營運——

「完全雇不到職員……」

哈爾卡拉卻從一大早就露出守喪的表情。
「為什麼？難道薪水給得很小氣嗎？」
「怎麼會！不如說，我開的條件明顯比鎮上的一般薪資還高呢。」
除此之外還有什麼其他原因嗎？
由於職業特殊而敬而遠之？因為這一代很鄉下所以觀念保守嗎？
「因為出現了。那裡好像是有名的地點……」
「出現了？湧泉嗎？」
「不是，雖然沒有湧泉我也會傷腦筋……但我說的是，**幽靈出現了……**」
哈爾卡拉刻意以恐怖的聲音表示。
「幽靈啊。這個世界上，真的有幽靈嗎？」
老實說，我半信半疑。
「一開始我也不太相信。可是，昨天，我也見到了。晚上工作的時候，出現一個十五歲左右，短髮齊瀏海的女孩……」
根據哈爾卡拉的說法——
幾百年前，那片土地上似乎曾經住著一戶家道中落的商人。商人試圖將十五歲的女兒推入火坑以換錢。直到前一刻，女兒似乎還開心地以為自己要嫁入有錢貴族的豪門，結果當天得知了自己的命運。據說她在悲觀之下，選擇上吊結束生命。

結果，即使改建其他建築物，女兒的幽靈似乎都會出沒搗亂。

這段話的「似乎」特別多，但這種故事都不會打聽到明確的情報，這也沒辦法。

在納斯庫堤鎮是很有名的故事，光是聽到要在該處工作，就沒有任何人要去。

「那塊地業者賣得特別便宜，當時我就覺得不對勁……」

「算是被凶宅套牢嗎……」

雖然擁有經營手腕，但哈爾卡拉在這方面卻不夠縝密。

「換句話說，只要幽靈消失就萬事解決了！我想解決問題！」

「理論上是這樣沒錯。」

「所以，師傅大人，能不能幫忙我呢？」

「咦？」

我發出極為不情願的聲音。

「我對這方面很不擅長……這種，不太乾淨的事物……」

畢竟我對鬼故事之類毫無抵抗力……像是詛咒之類，或是鬼怪出沒的村落。

「既然是魔女不就剛剛好嗎！況且師傅大人這麼強，連幽靈都會嚇跑的！拜託師傅幫忙除靈吧！」

說得還真簡單……

我可沒有除靈的相關魔法喔。這不是聖職人員的工作嗎？

問問看可能詳細瞭解的人吧。

於是，我試著詢問對人文學知識造詣深厚的夏露夏。

「所謂的幽靈，學術上叫做游離靈魂。是從肉體出竅的靈魂總稱。」

「術語太專門了很難懂，稍微白話一點解釋吧。」

「這種游離靈魂有兩種。一種是幾乎無法離開自己死去的場所，停留在原地。」

算是一種地縛靈吧。

「而另一種，是移動相對自由，可以依照自己的意志來回飛往各地。這次的案例都是在死亡的場所目擊到，應該算是前者吧。」

「換句話說，就是地縛靈吧。有對應方法嗎？」

「雖然以聖職人員的道具不是不能強制驅除，但聖職人員有行規，只要不是對人類有明顯敵意就不會這麼做。因為這種行為等於褻瀆靈魂。」

意思是說，得靠我們想辦法解決囉。

我回去找哈爾卡拉，告訴她剛才與夏露夏討論的內容。

「知道了。那就晚上去一探究竟吧。」

「非常感謝您，師傅大人！」

「不過……除非幫手來我才去。」
「幫手？」
「我要找別西卜來。」
在高等魔族眼中，幽靈肯定絕對不恐怖吧。
別西卜已經教過我召喚她的魔法了。
應該說，是她主動表示「這是召喚小女子的魔法」，一開始見面的時候就教給了我。雖然之前沒有使用過，但之前開咖啡廳的時候她也有來，多半希望我邀請她吧。
萊卡之前說過「她在魔族中地位很高，可能不容易交到朋友。畢竟還掌握權力，即使有人主動趨炎附勢，也很難說是純粹的朋友吧。」或許猜得相當準確。
所以，我可要毫不顧忌地召喚別西卜囉。走到室外，畫了魔法陣後，進行特殊詠唱。
「沃撒諾撒諾農恩狄希達瓦・維依亞尼・恩里拉！」
聽起來像神祕語言，是因為這是魔族語，還是古語。
雖然不太懂咒語的意思，但詠唱只要發音正確，就能發揮效果。
從魔法陣產生凶惡的黑色氣氛，可能代表召喚成功了吧。
一邊心想魔法的氣氛真有魔女的感覺，同時等待反應。
等待。

靜靜等待。

過了五分鐘。

再怎麼說也不是貓型機器人口袋裡的門，不會這麼快就來吧……

「先回家去吧。」

回到家後，發現不知為何連頭髮都溼透的別西卜在家。

雖然是推測，但自己可能又出了什麼包，我輕輕關上門。

結果房門被打開。

「喂，為什麼召喚小女子來，卻刻意敬而遠之啊……？」

「沒有啦……只是猜想我是不是哪裡弄砸了～之類……」

「沒錯！被妳害得好慘啊！因為妳的發音不清楚，導致召喚場所微妙地偏移了！」

原來是這樣，那個魔族的魔法是直接召喚別西卜啊。

「更何況，為什麼大白天就在浴缸裡裝了溫水啊！被傳送進去害小女子變成落湯雞！」

「那是昨晚洗澡剩下的熱水，準備用來灌溉田園之類。很環保吧？」

「環保是很好，但怎麼能讓小女子移動到那種地方！」

詠唱咒語是魔族的古語，難怪發音這麼困難。況且還有不少抑揚頓挫的種類……

附帶一提，別西卜雖然能流利使用我們的語言，魔族語卻另當別論，書面語相當困難。

「抱歉喔。下次我會多多練習的。」

「真是的……話說，才教人類一次魔族的魔法就懂得使用，其實已經很不得了……果然，妳的才能堪稱天才哪……」

該說是等級九十九的強大嗎。

哈爾卡拉急忙幫別西卜準備飲料，她大概也沒料到別西卜會這麼快就來。

「所以說，究竟有什麼事？」

全身溼透，導致別西卜心情不悅。這種狀態下要拜託她實在糟透了。

「事情的原委就由哈爾卡拉解釋吧。」

「咦～！師傅大人！不要將球踢給我嘛！」

事實上，這是哈爾卡拉的案件，確實該由她開口。

「小女子不會生氣的，儘管開口無妨。」

「那麼，我就說囉……這次，我要在附近的城鎮成立工廠……結果對幽靈的出沒很傷腦筋……這個，就是……如果有魔族別西卜小姐一起來的話，幽靈應該也會害怕～可能有辦法解決吧～之類……」

「居然為了這點小事特地找小女子來啊！」

「不是說不會生氣的嗎，生氣犯規啦！」
這一點哈爾卡拉說得沒錯。不過，連父母也會明明說不生氣，結果坦承後卻發火啊。連我的父母都宣稱這不是生氣，而是斥責的歪理。
「哎～真是的……振興農業對策會議途中被召喚過來，卻為了這種事……之後肯定會遭受官僚的斥責……」
而且，似乎還是在重要會議途中召喚她來。
「不過，既然來了也沒辦法。帶小女子到工廠去吧，看小女子消滅幽靈。」
如果是少女的幽靈，拜託不要真的消滅她。
「這個，幽靈只在晚上出沒，能不能等到晚上呢？」
「那怎麼不會等到傍晚才召喚小女子啊！」
別西卜又氣得冒火。
「抱歉喔。不過，我沒聽說咒語是直接召喚妳啊。」
「是沒錯……這一切都是小女子的責任……借間空房間到晚上吧……趁這段期間製作讓任何人都無話可說的會議資料……」
就這樣我們靜待夜晚來臨。
附帶一提，別西卜懊悔地說著「如果天晚一點變黑的話，資料明明就能完成了哪……」看來之前一直在工作。

雖然弗拉塔村也差不多，但納斯庫堤鎮到了晚上也人煙稀少，一片寂靜。

不如說可能是日本的城鎮明亮得異常。理所當然，這個世界沒有霓虹燈這種東西的概念。

夜晚是睡覺的時間。在這種時間工作本來就是錯的。所以我反對加班。太陽一下山就不該工作！糟糕，前世的記憶又復甦了……

工廠寂靜得不尋常。

「對了，亞梓莎啊。妳都已經活了三百年，堪稱怪物了。為什麼還需要小女子跟來？」

「我怕幽靈之類的東西，沒有實體又打不倒。」

「法露法與夏露夏不也是史萊姆的靈魂聚集而誕生的嗎……不過，這種可能無法以理論解釋呢。」

別西卜大膽走進工廠內。

果然找她來是正確的人選。

這個世界沒有以電力驅動的東西，因此夜晚的無人建築物沒有任何聲音。

如果有冰箱或電風扇的聲音，還會讓人冷靜一些……

由於我沒有在一片漆黑中前進的勇氣，事先準備了提燈。
話說，應該有照亮室內黑暗的魔法吧。下次應該先用功一點……
「嗚嗚，好像會跑出什麼……」
「笨蛋，不就是會出來才找小女子來的嗎？不出來的話怎麼消滅幽靈。」
這魔族真是合理主義者啊。
「欸，別西卜，可以手牽手嗎？」
「還要手牽手……？這、這個……要牽就牽吧。雖然像小女子生一樣有些難為情……但是又不會少一塊肉……」
說著，別西卜將右手伸向後方。果然是可靠的姊姊角色呢。
「師傅大人，也和我手牽手吧！」
哈爾卡拉也牽起我的右手，因此形成三人手牽手前進的奇妙隊伍。
三人橫列不好走，所以側著半身往後方前進。
「這樣手牽手反而變得愈來愈沉重哪……好像變成蜈蚣人這種魔族一樣……那是身體彼此連接的魔族，頭一次看到多半會覺得可怕喔。」
「別、別說鬼故事啦！」
「好好好，知道了。即使區區幽靈出現也不會被冷不防偷襲，儘管放心吧。」
我一直低頭所以不知道，但別西卜似乎一直環顧四周並往前走。

Benio

「哈爾卡拉，話說幽靈是在哪裡出沒？」

「就在前方的房間，之前工作的時候跑出來……」

「是嗎，是嗎？那麼，就重點調查那裡吧。」

「這個，那間房間很可怕，能不能不要啊……？」

「妳們兩個，鬧夠了沒！為了調查而召喚小女子來，怎麼還勸人家中止啊！」

理論上別西卜說得完全沒錯，但這種事情以理論說不通，因此拜託別責罵哈爾卡拉。

「走進後方的房間一探究竟吧。」

「不、不要啦！至少走到這裡就好了嘛！好不好！好不好！」

「哈爾卡拉說得可能有道理……應該先玩個接龍之類，暖場之後再過去比較好吧……」

「妳們兩個是傻瓜嗎……更何況，哪有以接龍暖場的啊。那是女孩子之間找不到任何話題時才玩的……」

走在前頭的別西卜像狂戰士一樣不斷往前突擊。

這麼一來，即使交給別西卜一人可能都沒關係，可是事到如今，少了別西卜又不敢掉頭回去，因此實在無計可施。

然後，我們踏進了「鬧鬼」的房間。

剛一進入，提燈的火光不知為何突然消失。

『呀啊啊啊啊啊啊啊啊啊啊啊啊——！』

『咿呀啊啊啊啊啊啊——！師傅大人，救命啊啊啊啊啊啊啊啊啊啊啊啊啊啊啊啊啊！』

我和哈爾卡拉同時尖叫。

「吵死了！妳們比幽靈更煩人哪！」

別西卜也跟著怒吼，音量聽起來更大。

「啊，不過，還有幽靈哪。」

別西卜說的輕描淡寫。

『唔噢噢噢噢噢噢噢噢噢噢噢噢噢噢噢噢啊啊啊啊啊啊啊啊啊啊啊啊——！有幽靈啊啊啊啊啊啊啊啊——！』

『不要啦啊啊啊啊啊啊啊啊——！快要各種嚇得尿出來了啦啊啊啊啊啊啊啊啊啊啊啊！要尿出來了啦啊啊啊啊啊啊啊啊啊啊——！』

「妳們兩個太吵了！稍微冷靜一點！不就是幽靈嗎！死掉的女人靈魂嘛！哪裡可怕了啊！」

「拜託，就是這一點可怕啊！應該說妳為什麼那麼冷靜啊！」

似乎感到不耐煩，別西卜一把甩開我的手。別這樣！會更恐怖的啦！

「因為看不見所以可怕吧。那麼，小女子想個辦法。等著吧。」
「咦？要怎麼做……？難道有消除恐懼心理的魔法嗎？」
「倒也不是。」
哪有這麼方便的魔法啊。
「喂，女人的靈魂！速速現身！這點程度總該做得到吧!?既然妳一直留在這裡，可別說妳做不到喔！喂！聽到沒！還不回答嗎！」
別西卜朝著黑暗大吼。
「小女子可是高等魔族別西卜，在魔族國度擔任農業大臣。憑藉農業大臣的權力，連妳的墳墓都可以改成馬糞堆放場喔!?妳充滿回憶的場所也會接二連三變成馬糞堆放場喔!?」
這種噁心的手段好可怕！
「而且，給予靈魂傷害這種小事，高等魔族可不是辦不到。小心嘗到比死亡的時候更痛苦的滋味喔？難道妳想這樣嗎？如果數到十妳再不現身，就別怪小女子痛下毒手了！」
居然威脅要殺死幽靈！
「十，九，三，二，一，零！」
而且還蠻橫地縮短！根本沒數到十嘛！

結果，房間裡像是桌子的東西喀噠喀噠發出震動的聲音。

「呀啊啊啊！幽靈生氣啦！」

「哦，桌子在動嗎？又怎樣？桌子會動有什麼好可怕的？難道桌子會動對小女子足以產生任何壞處嗎？幽靈哪，說說看啊！」

別西卜以霸氣十足的聲音開口。

「有什麼話想說的話，就儘管現身吧。不論妳有什麼過去，若是恣意嚇唬來此的人類，就與普通的害蟲無異。屆時動手驅除妳，可不會有任何猶豫喔？」

別西卜也太強了吧，帶她來真的太好了。

感覺自己的恐懼也在逐漸平息。

附帶一提，哈爾卡拉卯足了勁抱緊我，顫抖地念著「神明神明救救我……我什麼都願意做，我什麼都願意做……」雖然可靠的不是神明而是魔族。

「怎麼？不服氣？有本事就詛咒看看吧？區區弱女子靈魂怎麼可能詛咒得了高等魔族？不如說，想被小女子以魔法詛咒嗎？」

害怕幽靈的各位，一定要有高等魔族陪同喔。冷靜思考才發現，幽靈怎麼可能比別西卜更可怕呢……

「哦？想逃跑嗎？妳休想！別想逃！」

看來，連幽靈似乎都怕了。

然後，別西卜怎麼可能白白放過幽靈。

「還不站住！」

別西卜伸長翅膀，啪噠啪噠飛向天花板。雖然黑暗中看不清楚，但似乎是這樣。

「什麼⁉難道要開始戰鬥了嗎⁉」

「不對！這只是單方面的虐殺！」

她說出宛如惡魔的話了喔！啊……她本來就是惡魔。

「來啊，微不足道的靈魂。愚弄小女子的罪孽，可得老實償還哪。」

不知怎麼回事，我開始想幫幽靈加油了。幽靈真是可憐……

「這個，希望別做出會受到她詛咒的事情……」

「不必擔心！詛咒必須有靈魂存在才會發生。只要消滅靈魂，詛咒的本體就會消失，詛咒也沒了！」

天啊！果然準備要鬧出人命啦！

「好，抓住了！點亮提燈！」

我和哈爾卡拉都依照吩咐照辦。

「嗚哇！有人耶！」

別西卜的身旁多了一個人。

當然，人類這種形容方式不知道正不正確。準確而言，該人物是十五、六歲的少女，哭喪著臉。
「饒、饒了我吧……我沒想到會跑來這麼大牌的惡魔……」
少女聲音顫抖地表示。
「師傅大人，不知為何，我看見了照理說看不見的事物……」
哈爾卡拉一臉茫然地說。
「該不會是酒喝太多，見到幻覺了吧……？」
原來妳還有喝到擔心這種事情的自覺啊。
「連我也看得見，應該不是幻覺吧。」
「難道師傅大人也喝太多酒了嗎？」
別再將酒當成犯人了啦。
別西卜反扣幽靈的雙手，緩緩降落。
「一般而言人類是看不見靈魂的，但靈魂本人可以主動現身。因為這小妮子認為向妳們求救是比較明確的選擇。」
「這個，別西卜小姐，這一位就是之前提到的幽靈嗎……？」
即使看得見實體，哈爾卡拉依然躲在我身後。
「詳情去問本人吧。」
問幽靈「妳是不是幽靈」這種問題，感覺有點奇怪，但不問就無法繼續吧。

總之我們讓幽靈坐在椅子上。

在光線明暗不同之下，不時會變成半透明，是因為她是幽靈吧。

「妳叫什麼名字呢？」

「叫羅莎莉……是以前在此地的家中，自殺的女兒靈魂……」

女孩以粗魯的口氣回答。

然後幽靈開始敘述自己的身世。

「當初明明說要嫁入貴族豪門的。我在鎮上可是受人稱讚、可愛端莊又賢淑的千金，居然相信有這種作夢般的好事……結果，該死的老爸與死老太婆完全在騙我……」

真是可憐，這女孩甚至遭到父母的背叛……

「鎮上的男人明明向我求愛好幾次……當初要是早點找個人私奔，說不定還會幸福吧……？算了，都是過去的事了。」

「事情我都明白了，可是，妳當初真的端莊賢淑嗎？」

不僅用詞粗魯，現在還兩腳大大張開坐在椅子上。

「當幽靈過了漫長歲月……學壞了。」

自己親口承認學壞，似乎感到有些害羞，羅莎莉別過臉去。

「有可能哪。年屆芳齡的女兒遭到父母背叛，確實會產生這樣的變化。」

「這裡可是我的地盤，一直保護這裡，不讓閒雜人等跑進來……結果妳們跑來了……」

故事到此告一段落。既得知了幽靈的真面目，幽靈也表示屈服，事件理應幾乎解決了。

「所以說，妳叫羅莎莉吧，今後妳有什麼打算？」

「咦……問我有什麼打算……？」

還沒問到這女孩的未來，剛才只打聽到過去而已。

「噢，小女子可以讓她不會感到痛苦，一瞬間消失喔？」

「不可以！」

這個幫手，居然輕描淡寫說出好過分的話！

「有何不可？因為有靈魂，才會感到痛苦而留戀。只要存在消滅，就能逃離一切痛苦啦。回歸虛無就沒有生、老、病、死的痛苦了。」

「拜託不要用這種暴力手段實現佛教思想。」

「那麼就找教會，請聖職人員獻上鎮魂祈禱之類即可。受到淨化後，應該就不會留在世間了。」

換句話說好好超度讓她往生嗎？乍聽之下，似乎十分正確……

羅莎莉以雙臂緊緊摟住自己的身體。

「不要……」
勉強從口中擠出這句話。
「我還不想消失……」
羅莎莉的聲音比害怕幽靈的我們顫抖得更厲害。
也難怪。
誰想要消失呢。
「靈魂殘留在這個世界上就已經不合理了，還這麼任性哪。」
別西卜也太合理主義了。凡事沒辦法這麼簡單一分為二的。
「那麼，羅莎莉，留在這裡怎樣？」
我以極為普通的口氣表示。
既然害怕消失，那麼這就是唯一的選項。
「真、真的嗎……？可是會造成麻煩吧……？」
與其說高興，態度更像是難以置信的羅莎莉回答。
「當然，如果妳要在這裡不斷惹麻煩，我就會猶豫了，但只是待在這裡不會有害吧。既不需要伙食費、水電費，也不用繳稅，那麼，留著也沒關係吧？」
「唔，無害，是嗎？只要幽靈的品行端正，或許是這樣沒錯。」
別西卜似乎也沒有異議。

「咦……要讓幽靈待在工作場所嗎……？」

哈爾卡拉明顯顫抖，似乎尚未克服恐懼心態。

我則是看得到對方的模樣後，恐懼心就降低了不少。看得見就不會感到害怕，別西卜的想法可能是正確的。

「有什麼關係。不如說，晚上如果遭小偷的話，或許還能幫我們趕走呢。」

「可能，是這樣沒錯……可是不知道她究竟在不在，讓人心神不定呢……」

「那麼，一直讓她實體化如何？」

「這樣也有點奇怪耶！更‧何‧況！普通人光是得知有幽靈，就會產生排斥反應，不敢來上班了啦！」

「啊，這番話倒是真的……」

這裡是有幽靈的快樂職場，請來工作吧——這種口號太扯了。畢竟這裡是工廠，如果不解決幽靈問題本身，就無法展開營運。光是哈爾卡拉習慣根本無法解決問題。

「看來，我還是不能留下來……畢竟幽靈就是製造麻煩呢……」

羅莎莉又說出消極的話。雖然很想告訴她沒這回事，但妨礙工廠營運卻是事實。這一點非解決不可。

「咦，話說回來，妳不能移動到工廠以外的地方嗎？」

「沒辦法……我無法離開這片當初自殺的家中宅地……」

夏露夏說過，地縛靈這種類型是無法離開的。

「要方法倒是有。」

別西卜表示。

「對嘛～哪有這麼好的方法——還真的有!?」

「有啊。魔族對於靈魂的研究比較先進。既然無法離開這裡，只要搬走就行了。」

無法離開，搬走就行了——理論我明白。問題在於怎麼做。

「快點教我！到底該怎麼做才好!?」

羅莎莉似乎也表示興趣。

「只要靈魂附在活人身上，連那個人移動到其他地方即可。等移動到適當的場所後，將靈魂從身上抽離；也就是利用人類搬運。」

「唔，只要附在人的身上就好了嗎～雖然我不太想被附身……」

「嘗試附身這一點，只要是靈魂任何人都辦得到。但是，問題在於對象，不是所有人都能附身的。比方說，幾乎可以肯定，她無法附在亞梓莎身上。」

然後，別西卜的視線望向羅莎莉。

「附身嗎，可是我從來沒有做過耶……」

「感覺就像跳進對方的腦袋內。試試看吧。反正失敗了也不會死。」

「知道了。我準備好了……隨時來吧……」
我閉上眼睛，準備讓她附身。
「那、那麼，我上囉……」
啪咻！
正覺得腦袋裡發出像是彈開的聲音，羅莎莉卻在眼前喘著氣。
「這是，怎麼回事……好累……有生以來，第一次感到這麼累……」
「一言以蔽之，能力優秀的人沒有附身的破綻。還有，要附身對自己有絕對自信的人也很困難。總而言之，如果不是意志薄弱又容易被牽著鼻子走的人，是很難附身的。」
別西卜的視線望向哈爾卡拉。
「這個……為什麼要看向我呢……？」
「如果是妳的話，應該可以確實附身吧。」
「咦、咦……!?怎麼好像被別人拐著彎，說出很沒禮貌的評價耶!?」
「這不是拐著彎。妳的意志看起來就薄弱，破綻多到簡直像篩子哪。」
「說得各種太過分了吧！」
羅莎莉緩緩接近哈爾卡拉身邊。
「不好意思，拜託一下咧。」

「才不要！我最怕這種靈異現象之類的了！連晚上醒來，都不敢去上廁所呢！」
「那麼我附在妳身上，就這樣去廁所吧。」
「變成這樣就已經夠可怕了吧！」
說著，羅莎莉已經迅速跳進哈爾卡拉的頭裡。
羅莎莉的身影頓時消失。
意思是成功了嗎？
「噢噢，可以操縱呢。」
聲音是哈爾卡拉，不過，口氣與平時完全不同。而且，手還像機器人一樣僵硬地活動。
羅莎莉似乎真的進入了她的身體。
「成功了呢！太好啦！」
「相隔許久的肉體總覺得不太穩當呢……而且，這個身體，胸部怎麼這麼重啊……」
哈爾卡拉？試著從下方捧起自己的胸部。反過來說，她的胸部大到可以捧起來。
「很好很好，接下來只要直接離開工廠就萬事解決了。」
嗯，羅莎莉可以離開工廠，但還有問題。
「話說，要將這女孩送到哪裡才好？」

剛才完全沒決定這一點。

「…………只有妳家而已了吧。既然妳第一個提議幫助她，就得負起責任。」

「是沒錯。畢竟是因為我們才趕走她。所以說——」

我輕輕伸出手來。

「羅莎莉，要住在我家嗎？」

「可、可以嗎……？不會造成麻煩嗎……？」

「既然到死為止都很不幸，何不試著死了之後再重新追求幸福？」

若要對這女孩置之不理，我又了解這女孩太多。

羅莎莉僵硬地舉起哈爾卡拉的手，與我握手。

「這樣就交涉成立囉，請多指教！」

一邊與羅莎莉握手，我盡可能露出笑容回應她。

畢竟，羅莎莉絕對相當不安。她應該已經很長一段時間，一直孤獨一人。必須小心翼翼對待她的精神層面。

「謝、謝謝……謝謝妳……」

紅著臉的羅莎莉，也開口道謝。

「我家有許多房間，即使是幽靈應該也能好好生活。雖然還沒告訴其他家人，但大家都很體貼，應該有辦法的。」

——結果，別西卜不知為何，像是深深放棄般嘆了口氣。

「亞梓莎，妳還真是個迷人精哪……而且，幾乎都在無意識中所為，真是傷腦筋呢。」

「咦，雖然搞不太懂，難道我被嫌了嗎……？」

「這可是小女子稱讚人的方式喔。斤斤計較的傢伙在打什麼算盤都逃不過小女子法眼，但妳卻沒有這種打算。這種類型的人最難應付啦。」

要稱讚人的話，希望能用更簡明易懂的方式嘛。

「這、這個……您是亞梓莎小姐，對吧……？我可以，稱呼妳為大姊嗎……？」

「外表看起來，我的年紀比較大嗎？好啊。想怎麼稱呼都可以。」

「我會一直跟著大姊妳的……如果大姊出了什麼事，我會拚命保護妳！」

「說要保護，可是妳不是已經死了嗎？」

我只當這番話是玩笑話——

「不，只要像這樣借用身體就能動了！」

羅莎莉挺起胸膛表示。

由於是哈爾卡拉的胸部，因此十分有魄力。

哈爾卡拉・羅莎莉分離作戰

She continued destroy slime for 300 years

好啦，事情搞定了，該回高原之家囉。

哈爾卡拉不會在空中飛。於是別西卜叫來萊卡，讓她騎在龍的背上。別西卜向萊卡說明原委後，似乎隨即進入訪客用的房間就寢。熬這麼晚，辛苦她了。

過了一會兒，萊卡來到會合的小鎮外。

「我是幽靈羅莎莉。妳就是萊卡大姊吧，請多多指教！」

「以哈爾卡拉小姐的容貌這麼說，有點怪怪的呢……眼神不一樣……」

「進入體內只有現在，抵達家裡後，就會離開身體。」

然後，很快就回到家了。萊卡的飛行能力真的幫了大忙。

法露法與夏露夏都還沒睡，因此讓她們與羅莎莉打招呼。

「今後請多多關照！兩位是大姊的女兒吧！」

「嗯，請多指教～」

「頭一次見到稱作幽靈的存在，真感興趣。」

這兩個孩子完全不怕幽靈呢。
由於法露法與夏露夏也是被狩獵的史萊姆靈魂凝聚而成，某種意義上，可能算是幽靈的親戚。幽靈與妖精念起來發音也差不多。
「也想看看羅莎莉小姐的容貌呢～出來吧～」
「想親眼確認幽靈的長相。」
「我知道了！那麼就秀出自己的模樣——唔……」
羅莎莉的臉色——嚴格來說是哈爾卡拉的臉色——頓時發青。
「欸，羅莎莉，怎麼了嗎？」
「大姊，我雖然附了身……可是要怎麼離開啊？」
發生了非常根本的問題。
「咦？要領不是像插入鑰匙開啟關閉一樣簡單嗎？」
「畢竟，以前從未附身過……所以也沒離開身體過。」
好像以壺捕捉章魚一樣。雖然進得去，卻出不來。
不過，這可不能一笑置之。
「如果，繼續這樣下去，是不是不太好啊……？」
一直操縱哈爾卡拉的話她肯定會生氣，畢竟還有明天的行程。
我立刻將已經睡著的別西卜叫起來。

「唔~唔……怎麼回事？小女子才剛剛睡著呢……」

「羅莎莉想離開哈爾卡拉的身體，該怎麼做才好？」

猜想別西卜應該知道該怎麼處理這個問題。

「什麼？這種小事，不是馬上就能離開身體的嗎？」

嗚哇！和我的認知是相同次元嘛！

「快來！快來！和我一起想！」

「別這樣拉小女子的手！好痛，好痛！」

總之，我將別西卜帶到羅莎莉附身的哈爾卡拉面前。

「出不來……好像完全卡在箱子裡出不來……」

「是不是太過契合了呢……小女子從未聽過無法離開的例子喔……」

「話說，這樣會讓哈爾卡拉的健康產生不良影響嗎……？」

「別的靈魂待在身體裡一天會對肉體造成負擔……最壞的情況下，肉體會死亡……」

太嚴重了吧！

我們迅速圍在桌子邊召集家族會議。

「這個~看來哈爾卡拉平安生還的時間限制為二十小時左右……希望大家集思廣

益，想辦法解決……真的拜託大家……」
羅莎莉的臉色比剛才還難看。
也難怪，畢竟可能會害死人……
「我不想害死照顧自己的人……如果要做出這麼不知羞恥的事情，我寧可再上吊自殺一次！」
「不行啦！要是這樣的話，只會害死哈爾卡拉而已！」
我安慰羅莎莉。別怕別怕別怕，好乖好乖好乖。
看來得熬夜思考了……
「那麼，這樣的話如何呢？」
首先，萊卡舉起手來。
「既然狀態像是東西卡在箱子裡，拍打的話是不是就跑出來了呢？」
「物理性的衝擊能讓靈魂脫離嗎？」
別西卜也扠起手，歪頭疑惑。
「總比什麼都不做好。試試看吧！」
「亞梓莎大人！如果我們亂拍的話，哈爾卡拉會死掉的！」
是嗎……這種時候，還要考慮攻擊力太高的問題……
所以，最後決定讓夏露夏來敲。

「知道嗎？要輕輕拍喔。不過，力量要強到靈魂會跑出來。」
「條件真困難……」
也這麼想的我說著。
「那麼，就來吧。哈爾卡拉小姐，抱歉喔。」
啪！啪！啪！
「好痛！好痛！」
羅莎莉也會感覺到痛嗎？雖然肉體受到傷害的是哈爾卡拉。
「怎麼樣，出得來嗎？」
「好像不太行呢……好痛！好痛！」
「夏露夏，停止！停止這個方案！」
這次換法露法舉起手來。
「有，有方法了！就是嚇她一跳！嚇一跳的話羅莎莉就會跑出來了喔！」
受到驚嚇的時候確實常用「差點以為心臟跳出來」這句話形容。嚇到的話，說不定靈魂會跑出來。問題在於，該怎麼嚇她，更何況羅莎莉還聽到了這個方案。
「法露法有好主意喔！」
——然後嘗試執行「好主意」。
我利用空中飄浮搖搖晃晃飛在夜晚的空中。

帶著羅莎莉附身的哈爾卡拉。

「大、大姊，算我求妳了，就到此為止吧……實在太高了……」

「話說要脫離了嗎？還是不行？」

「不行……無法離開哈爾卡拉小姐呢……」

意思是光靠高還不夠嗎？

「沒辦法。進入第二階段囉。」

「咦，還有第二階段嗎？」

羅莎莉沒嚇到就沒有意義了，所以剛才沒告訴她。

「嗯，要從這裡丟下去。」

「不會吧——！拜、拜託千萬不要啦！」

「放心吧。變成龍的萊卡會穩穩接住妳的。」

「救、救命啊！要、要死啦！要被墜落的恐怖嚇死啦！」

「這倒不必擔心。羅莎莉本身已經死了，所以不會休克而死……抱歉。因為事關哈爾卡拉的性命！啊，掙扎的話會掉下去喔。」

「不是已經打算將我丟下去了嗎——！」

是沒錯啦。

所以說，我鬆開了手。

「嗚哇啊啊啊啊啊啊啊啊啊啊啊啊啊！」

淒厲的尖叫聲後，傳來萊卡「沒事喔！」的聲音。

我緩緩降落確認情況。

「成功了嗎？順利分離了嗎？」

「大姊，我好像，有點尿出來了……」

臉色蒼白的羅莎莉倒在萊卡身上，身體還是哈爾卡拉。

「這也失敗了嗎……」

之後我們依然反覆嘗試錯誤。

比方說，到了早上找來村子裡的聖職人員，進行除靈類的儀式。

聖職人員喃喃詠唱感激的言詞。以日本而言等於請和尚來念經。

「嗚哇啊啊啊！會死掉！我會死掉啦！」

在羅莎莉脫離之前有可能會被消滅，因而中止。

於是，一直想不到根本的解決方法，時間來到了中午。

「如果再不出來的話，可能會對哈爾卡拉產生不良影響。一切要看哈爾卡拉靈魂的強弱了。」別西卜表示。

「明明已經沒有時間了，我們卻因為沒有睡覺，思考迴路也愈來愈遲鈍。」

萊卡也開始打起盹來。想不到居然一直找不到解決方法……

法露法與夏露夏已經到了睡意的極限，因此先讓她們睡。

「我也好想睡喔……可是，萬一現在睡著的話，哈爾卡拉會死…………等一下？」

可能找到了突破口也說不定。

「萊卡，哈爾卡拉每次一喝酒，就會酩酊大醉吧？」

「是的，站食宴會上也睡在地板上呢。」

「在有兩個靈魂的狀態下睡著，會不會只有羅莎莉的靈魂睡著，發生與哈爾卡拉交替的現象呢？」

其實沒有學術上的根據，只是偶然想起。

「她之前的確一直醒著，或許反過來讓她睡著的方法值得一試。」

反正除了嘗試各種方法以外沒有第二選擇。抱著不挑戰就是死的精神。

我們讓羅莎莉正在使用的哈爾卡拉身體不斷喝酒。

「可是，我以前幾乎沒有喝過酒……」

「肉體是哈爾卡拉所以沒關係。喝到掛吧！」

平時大約喝到四杯，哈爾卡拉就會睡倒。

當天可能因為熬夜狀態下，或是羅莎莉附身的緣故，臉色變化的速度比平時還快。

「奇怪……大姊怎麼變成五個……」
看來已經醉得暈頭轉向了呢，視野都歪掉了。
喝下第三杯後，羅莎莉立刻倒在桌子上。
從她倒下去後我們就慎重守在一旁。
不久，她緩緩抬起頭來。
「奇怪？我明明沒有喝酒的記憶啊？而且還是中午，這是怎麼回事啊？」
「是哈爾卡拉！」「復活了呢！」「噢噢，原來有效啊！」
「哎呀，各位，明明只是從酒醉中醒來，怎麼會露出如此善意的視線呢……話說回來，覺得身體好沉重呢。好像纏著什麼東西一樣……」
沒錯，確實正在糾纏妳啊……
「這麼看來，哈爾卡拉的意識更清楚一點的話或許有機會……在這種狀態下應該很難附身……」
「可是，究竟該怎麼做才好呢？」
只差臨門一腳，離解決問題僅剩一步之遙。
有沒有什麼方法能強烈顯現哈爾卡拉的意識呢？
「那麼就交給小女子吧！有方法讓她清醒得一肚子火！」
這次似乎換別西卜想到點子，立刻拉著哈爾卡拉的手。

「過來這邊一下，馬上過來！」

「咦？那邊不是浴室嗎……？昨天的熱水已經涼掉了喔……」

「涼了正好！」

別西卜一把拎起哈爾卡拉，然後直接丟進浴缸內。

嘩啦——！

水花四濺，哈爾卡拉的頭立刻探出水面。

「妳做什麼啊……我已經完全清醒了啦！」

「是啊。所以，看來似乎完全分離了哪。」

羅莎莉的透明身體飄浮在哈爾卡拉身後。

「咦……我，離開了呢……？」

一臉茫然的羅莎莉表示。

「太好了！分離作業成功！」

◇

從結論而言，「讓羅莎莉的意識沉睡，哈爾卡拉的意識浮現時，想辦法增強哈爾卡拉的意識」這種方法奏效了。

先以酩酊大醉與睡眠讓羅莎莉意識從表層往後退，與深層的哈爾卡拉交換，然後創造羅莎莉無法待在哈爾卡拉體內的狀態。

一旦明白原理後，就不足為奇了。

「再次嘗試前想至少先調查一下，但可能叫羅莎莉早點上床就寢，讓哈爾卡拉的意識浮現，或許也能成功呢。果然不應該熬夜工作的。還會降低效率。」

「可是，如果小女子被召喚至此處時，沒有出現在浴室的話，多半就想不到最後的方法。這就叫歪打正著吧。反正『歪打』本身也微不足道，幾乎等於穩賺哪。」

別西卜露出超得意的表情。畢竟她締造的功勞值得得意，所以無妨。

因此這起事件到此告一段落——

「我想，大家應該都很睏了，就睡到下午五點吧。一切等到時候再說——」

大家接受我的意見，我們都老實地鑽進自己的被窩，睡到傍晚才起床。

「這個~再一次，向大家介紹。她是今後要住在這個家裡的幽靈羅莎莉。」

所有人圍在桌子旁，舉行自我介紹時間。

雖然是幽靈，但羅莎莉規矩地坐在椅子上。

她能以自我的意志現身，因此現在大家都看得到她。

「我是羅莎莉。之前給各位添了麻煩！讓我們好好相處吧！」

大家拍手歡迎羅莎莉。

幾經波折後，這個家的成員適應能力都很強，應該很快就能順利與羅莎莉一起生活吧。

「附帶一提，在這間房子內可以移動嗎？」

「嗯，在宅地內連庭院都是移動範圍。應該說，還能離開到庭院外。我猜想，應該可以自由前往任何地方。」

咦？地縛靈不是無法離開建築物嗎？

「自己對死亡之地的執著已經因為轉移位置而無效了吧。現在的她已經與怨恨無關，只是單純的靈魂了。」

確實，這片土地與羅莎琳的恨意毫無關係呢。

「那就方便多了。我想想，房間的話，就使用木屋區的二樓空房間吧。說是使用，但畢竟是幽靈，會依照妳的喜好放置物品，或是移除。」

「我知道了！大姊，非常感謝妳！這份恩情，我一輩子都不會忘記！」

一個已經死掉的人說「一輩子都不會忘記」，該怎麼計算倒是個謎。

「這個，雖然有些多嘴……不過煮飯值日之類需要改變嗎？」

萊卡真是認真呢，是當班長的類型。

「說到煮飯值日，羅莎莉根本沒辦法下廚吧。」

雖然可以附在他人身上，但被附身的人感到疲勞就本末倒置了。

「這一點，其實也不是做不到。」

桌上的杯子輕飄飄地浮起。

「只要像這樣移動刀子或盤子就能下廚了。不過很久沒有吃東西，無法保證味道……」

「是嗎。雖然很感謝妳願意煮飯……唔～可是做為義務究竟有必要嗎？」

我對於這一點有些疑問。

「媽媽，之所以需要負責煮飯值日與打掃值日，是因為人要吃東西，房間在生活中也會變髒。而羅莎莉小姐是幽靈，既不用吃飯，也不會弄髒房間。因此，理論上她不應該產生這些義務。」

夏露夏鄭重其事地表達，不過我正為了這個原因煩惱。

就算羅莎莉辦得到，但有必要非做不可嗎？

「大姊，這樣說不過去啦！我也參與所有的值日工作吧！」

羅莎莉從椅子上站起來。

正確來說是飄起來。

「今後我要住在這間房子裡，即使是幽靈，但住在這裡的事實不會改變！所以必須報答對應住宿的恩情才行！」

羅莎莉的眼神燃起一種接近熱情的事物，生氣勃勃地簡直難以想像是幽靈。

「抱歉喔，羅莎莉。是我剛才會錯意了。這樣的話，就讓妳負責能做的事情吧。」

如果說她不用負起義務這種話，確實高興不了還會讓她內疚。

避免產生內疚的想法更為健康，而且也能長久。

「好的，大姊，那就多多指教啦！其他前輩如果有事情也儘管開口吧！或許有些事情只有幽靈才辦得到喔！」

「嗯，多多指教啦～！」

「有機會還想再問問，身為幽靈特有的意見之類。」

夏露夏好像要正式以幽靈為研究對象，寫些什麼。

「羅莎莉小姐也是，有哪裡不明白可以問我們。」

「這個……拜託，不要經常附在我身上喔……」

畢竟對於哈爾卡拉，可是攸關性命呢……不過，幽靈就是因為看不見才可怕，看得見的羅莎莉應該能為人接受吧。

「如果有關於靈魂的資料，小女子會再帶來。反正，目前應該沒什麼問題。」

「這次又受到別西卜幫忙了呢。抱歉在忙碌中拜託妳喔～」

「既然多虧小女子幫忙才解決，代表妳召喚小女子是正確的。」

下次就送點禮物給別西卜吧。如果送她一年份「營養酒」，她應該會很高興。

「好~既然事情落幕，就來舉辦紀念增加新家人的宴會吧！」
不過在站起來之前，我的注意力被羅莎莉吸引。
羅莎莉在哭。
而且是嚎啕大哭的等級。
「怎麼了嗎？發生了什麼事？該不會想起什麼不好的回憶了吧？」
「遭到父母背叛的我，居然受到毫無血緣關係的各位幫助……」
喜極而泣的淚水滴落地板。
不過，淚水剛一落下便消失無蹤。由於幽靈的淚水不具備實體水分，因此淚水純粹僅是為了表達羅莎莉的感情而存在。
啊，其實這個家可能是接納特殊對象的空間也說不定。
畢竟，我這個人已經夠怪了，才能對特殊對象伸出援手。
應該說，今後我也應該積極幫助這樣的對象。
「活的時間一久……也會有這麼幸福的事情呢……我好開心……」
「應該是死的時間一久吧。」
別西卜準確地吐槽。

◇

當晚正式舉辦慶祝羅莎莉成為家人的宴會。

之前，為了幫哈爾卡拉舉辦宴會而採購了不少東西，所以要再開一次宴會並非難事。

不過，主賓無法享用餐點，因此料理方面以簡單為主。

「有些地方是人類的手眼難以顧及的，但我連這些地方都能以抹布擦到喔！」

羅莎莉積極地訴說幽靈有用的一面。任何人都有自己擅長的事情，羅莎莉應該很快也會成為高原之家不可或缺的一分子吧。

接著羅莎莉來到哈爾卡拉面前，慎重地低頭致歉。

「給哈爾卡拉大姊添了不少麻煩！真的，真的，很對不起！」

「啊，這點小事沒關係啦……我也失去意識，不太記得自己怎麼樣了……雖然做了不少被夏露夏妹妹拍打，以及從空中摔下去的夢呢。」

那些，是發生過的事實……

「這個，哈爾卡拉大姊……妳可以打我直到滿足為止……」

羅莎莉伸長脖子。

「不、不好意思，這樣究竟有什麼意思呢？」

「因為我給大姊添了麻煩，沒讓大姊打我幾下，太說不過去了！」
「就說不用了啦！什麼打妳，我又沒有這種興趣……」
哈爾卡拉顯得很困擾，羅莎莉有點太妹脾氣呢……
「來，請打我吧，大姊！」
「就說了，我沒有這種興趣啦！真要說的話，被別人打可能還好一點呢。」
她在胡說什麼啊!?
「不對，我在人生中，大約產生過這種念頭八次！雖然有誤差！」
好微妙的次數……
「還有，從理論上來說，幽靈是沒辦法打的。所以，這個話題就到此為止吧。」
哈爾卡拉巧妙地下結論。嗯，這樣結束是最漂亮的。
「而且要補償我的話，希望能多做些對我有好處的事情。比方說，羅莎莉小姐，幽靈連人看不見的事物都看得到吧？」
「是的，若是這樣的話，要幫多少忙都沒問題。」
「那麼，採集草藥等時候就幫我的忙吧。森林裡也有不少我無法馬上發現的場所，說不定還沉睡某些從未見過的草藥呢。」
「我知道了！我會全力以赴幫忙的！」
哦！說得好喔，哈爾卡拉！完全了解羅莎莉的特性呢！

接下來換兩個女兒上前。羅莎莉的身邊會自然而然聚集人群。

「欸，幽靈小姐，有哪裡想去的地方嗎？法露法可以帶妳去喔！」

話說回來，羅莎莉以前一直待在那棟豪宅內，很久沒有接觸過外界的景色。

「這個呢～由於以前一直關在家裡，所以想去景色漂亮的地方。還想去旅行一下。」

「嗯嗯！那麼，就和法露法等人一起去旅行吧！」

雖然不知道算不算怕生，但羅莎莉這樣足不出戶的女孩，與積極外向的法露法可能相當合適。

「希望能更詳細告訴夏露夏有關幽靈眼中看到的世界。非常感興趣想要了解。」

對夏露夏而言，在意的是這方面呢。

畢竟沒什麼機會像這樣與真正的幽靈對話。

「不如說，甚至想去幽靈的世界見識一下。」

「這樣很可怕，拜託稍微謹慎一點！」

夏露夏要是死掉就麻煩了，因此我介入話題。

「感興趣倒是可以，但一定要回來喔!?不可以去了不回來喔！」

「嗯。正因為有家可歸，才能夠去旅行。」

那就好，不過有研究者精神的人，可是會一路走到底的呢。

「不管怎麼說，因為我幾乎不認識其他幽靈，沒辦法介紹給妳呢。畢竟以前一直待在老家的遺址。」

果然，羅莎莉曾經非常孤獨。

那麼，或許該讓她與許多人見面才對。

「好！雖然算不上旅行，但先從附近開始著手吧。」

◇

隔天，我和羅莎莉馬上來到弗拉塔村。

不過，說完全不擔心是騙人的。

因為，沒看過幽靈的人比較多。他們可能會害怕。

遭人避諱的羅莎莉，有可能留下不好的回憶。

即便如此，我覺得一直隱瞞羅莎莉的存在也不行。若要公開的話，應該盡早採取行動，讓眾人一點一點了解羅莎莉比較好。說不定十年後，人們對幽靈的看法會突然緩和許多。

羅莎莉可能也明白這一點，顯得有些緊張。

「大姊，村民真的會接納我嗎……？」

「老實說，我不知道。正因為不知道，才認為必須一試。畢竟，只是將鬫居的地點搬到高原之家，這樣很寂寞吧？」

「不會，比起一直孤獨一人的日子相比，簡直天差地遠。非常感謝大家。」

羅莎莉說出窩心的話。可惡！要是她有肉體的話，我早就抱抱她了！沒辦法抱緊她，這是詐欺！

以結果而言，我與羅莎莉的煩惱都是杞人憂天。

「啊，這次新增的家人是幽靈小姐嗎？」

「嗯~又是一位美女呢。」

受到村民相當自然的應對，絲毫不感到可怕。

「大姊，難道世界上的人都這麼友善嗎？總覺得當了這麼久的幽靈，一直孤獨地待在建築物裡好蠢……」

「也對，原以為即使再冷漠一點也不足為奇……」

我與羅莎莉面面相覷，對於如此順利感到吃驚。

之後，我們向村長打招呼，報告這件事，村長卻笑著回應「哈哈哈，這是當然的」。

「因為，各位從一開始就不是普通人類啊。事到如今，幽靈還有什麼好怕的呢。在我們普通人類的眼中，各位其實都是同類呢。」

「老實說，確實是這樣……」

看來羅莎莉可以毫無問題，融入村民的生活呢。

很快地，羅莎莉一有空閒就往村子或森林跑。

正因為之前一直繭居，似乎任何事物在她眼裡都稀奇又新鮮。

附帶一提，一下子要羅莎莉負責煮飯是不可能的，因此我們值日時讓她在一旁輔助。

一開始只會粗枝大葉地切蔬菜，不過手藝也逐漸提升。

能自由自在操縱刀刃，在戰鬥方面也是相當強大的技術呢……

「嗯，很細，切得好細！這樣如果再進步一點，連洋蔥沙拉都能做呢。」

「都是大姊指導有方！押忍（多謝）！」

什麼押忍（多謝）啊……我還不太習慣太妹文化。應該說，她不是一直孤獨一人嗎，究竟怎麼學會太妹文化的。難道太妹文化是獨自一人自動學會的嗎？

「等一下我會打掃天花板內側！操縱溼抹布，擦乾淨喔！」

「這種能力真的幫了大忙呢。今後也要多多指教喔！」

多虧羅莎莉，家裡的衛生條件大幅提升。

提到魔女之家，一般人的印象是座落於陰暗的森林中，陰森又可怕，但我個人比較喜歡整潔又有開放感。
既然開咖啡廳時嘗試過陽臺座位，中午在陽臺舉辦茶會也不錯。
光是在陽臺舉辦茶會，就有高雅上流的感覺，其實還不壞。

◇

就這樣，羅莎莉即將融入我們家的時候——
哈爾卡拉也在新的環境奮戰中。
在納斯庫堤鎮募集工廠的開工職員。
不過，過程似乎還不太順利。當天哈爾卡拉依然失落地回家。
一回來就喝起了酒，看來是喝悶酒吧。
「天啊，前途多舛……」
「為什麼，明明解決了羅莎莉的問題還不行呢？」
「我當然說過幽靈問題解決了啊。可是，根本沒有人清楚見到幽靈真的存在。導致沒什麼人相信我……」
這倒是相當麻煩的問題呢……
如果道路正中央有一塊妨礙通行的大石頭，一搬開所有人就知道問題解決了；可是，在據說幽靈出沒的土地上，卻很難讓民眾了解幽靈從今以後不會再出現。

「那麼，反過來讓大家見到羅莎莉不就好了？看得見就能降低恐懼感，民眾也會知道不在那裡了吧。」

「沒錯——！」

哈爾卡拉發出格外氣勢十足的聲音。

「我知道了！我也要凱旋回鎮上！」

飄浮在空中的羅莎莉也興致勃勃地表示。

雖然凱旋這個詞用得好像不太對……

保險起見，我也跟著去吧……

於是，在納斯庫堤鎮舉辦幽靈的亮相典禮。

「大家好！我是以前在那條路上，自殺過的羅莎莉！目前住在高原魔女大姊那邊！已經不住在這裡了，夜露死苦（多多指教）！」

「是的，這一位是不折不扣，在那塊工廠土地上自殺過的幽靈小姐喔！長得這麼可愛，一點都不可怕喔！應該說，已經確認沒有其他幽靈了，所以甚至能宣稱比在其他店裡工作更安全喔！各位，來工廠工作吧！」

羅莎莉與哈爾卡拉高聲喊著，漫步走在鎮上。

「哦，怎麼了，怎麼了？」「好像是幽靈喔。」「說起來，她好像半透明呢。」
由於喊的內容太另類，許多誤以為我們是藝人還是什麼的居民聚集而來。
「漸漸炒熱氣氛了呢。羅莎莉小姐，摸妳沒有關係吧？」
「我是摸不到的喔。」
「不，這一點沒有問題！」
哈爾卡拉似乎想起了什麼。
「想觸摸幽靈小姐的人請來吧！貨真價實會穿透喔！」
這時候，一名少女在爺爺的帶領下，前來觸摸。
「啊，穿過去了呢～！」
不可思議的體驗讓少女感到興奮。
「對吧？小妹妹不可以死掉，要好好活下去喔？」
「嗯！幽靈姊姊！」
可能是小女孩的效果，四周也投以溫暖的視線。
看來眾人似乎認為她是善良的幽靈。
「一點也不可怕嘛。」「完全不是惡靈呢。」
支持率不斷攀升，輿論愈來愈正面。
這次似乎換羅莎莉想到什麼。

視線望向一對老夫婦，輕飄飄飛向兩人。
「兩位，有什麼打掃不到而煩惱的地方嗎？」
「有啊，窗戶的高處擦不到……即使站在椅子上也擦不到啊……」
「那麼，那扇窗戶，就讓我操縱抹布擦拭吧！」
老夫婦的表情也頓時開朗。
「那真是太好了！感謝妳！」
「馬上告訴我，家住在哪裡吧！我立刻去幫忙！」
其他人跟著拜託羅莎莉：「也可以打掃我家嗎？」「我家天花板也結了蜘蛛網……」
「知道了，知道了！一個一個輪流來，等我一下喔！」
羅莎莉的表情閃閃發光。雖然不知道她怎麼發聲，但清楚聽得到活力十足的聲音。
「哈爾卡拉，即使變成幽靈也能為了他人活下去呢。」
「師傅大人，幽靈不算活著喔。」
「別挑我的語病。」
「比起受人忌諱厭惡，受到他人尊敬感激當然比較開心啊。我的企業經營理念也會以貢獻城鎮為目標喔。」

哈爾卡拉說出很有正經企業家風範的話。
以結果而言，多虧哈爾卡拉的工廠，誕生了一位獲得幸福的人。
之後，羅莎莉每週在鎮上露一次臉，扮演觀光資源貢獻城鎮。
乾脆以世界第一活潑的幽靈為目標吧！

工廠開張了

She continued destroy slime for 300 years

多虧羅莎莉受到納斯庫堤鎮的接納，哈爾卡拉缺乏勞動力的問題似乎也逐漸改善。

「找到十名願意來工作的人囉！」

帶羅莎莉到鎮上之後，正好過了一個星期，哈爾卡拉如此報告。

「那麼，工廠應該也能運作了吧。」

「是的！『哈爾卡拉製藥納斯庫堤工廠』即將開始營運了喔！」

「哈爾卡拉製藥」……原來這是公司名稱啊……

「這樣就能再繼續大量生產『營養酒』了！準備開工啦！」

「營養酒」──在其他州創下賣爆紀錄，哈爾卡拉製作的營養飲料。

雖然名稱有個酒字，但其實不含酒精成分。

哈爾卡拉從以前就利用擔任配藥師的知識，製作過各種商品。

她原本就很有商業頭腦。這就是「營養酒」大受歡迎的原因。

置。

之後，誤以為高等魔族別西卜要對自己性命不利，關閉了當地的工廠，就此棄置。

「這樣我就能大賺一筆囉！當然，利潤會造福城鎮的！首先，我要挖一口哈爾卡拉名水井，讓市民與旅人都能暢飲美味的水！接下來興建哈爾卡拉會館，定期上演話劇！五十年後應該就會豎立我的銅像了！」

雖然我覺得銅像是多餘的，但能造福城鎮是好事。

「話說已經申請營業許可了嗎？」

哈爾卡拉對這方面十分迷糊，因此最好先確認一下。

「尤其聽說南堤爾州擔任州知事的貴族貪得無厭，該不會被敲了竹槓吧？」

我們居住的這一帶，雖然是個鄉村田園的好地方，但整座州卻並非如此，而且州知事也負面傳聞不斷。

「哼哼！這一點沒問題的！我已經確實申請了喔！提交給南堤爾州的官員了！完全沒有問題！」

哈爾卡拉挺起胸膛表示。看她的模樣，提交本身應該是事實。

「不過，提交文件時官員好像說過，怎麼沒多送點東西之類的話。」

「這不是公然索賄嗎……？」

「哎呀～在這一州就是會碰到這種要求呢～由於不明就裡，總之我送了許多可食用的野草喔。」

哈爾卡拉悠哉地說。

「野草？」

「是的。連在我的故鄉，都會贈送野草或水果之類代替打招呼呢。當時興起就送了一星期分量的野草。」

「這樣對方願意接受嗎？呃，雖然坦率地行賄也讓人不爽……」

總覺得有不妙的預感……

「由於是很美味的野草，對方應該很高興吧。雖然帶有苦味，但這也是優點啊～」

「這個，哈爾卡拉……？如果發生什麼事，要早點告訴我喔？」

畢竟哈爾卡拉總是穩定地豎旗，我不認為會就此平安無事。

「討厭啦～師傅大人太過度保護了～我也是老大不小的人了，哪有什麼問題呢～而且我們啊，在弗拉塔村一帶的名聲相當好呢。」

嗯，在弗拉塔村周邊一帶是沒錯。

可是距離南堤爾州的州府維達梅很遠，風聲能確實傳達到該處嗎？就算傳達得到，會有人相信強大的魔女與其他人的存在嗎？

但哈爾卡拉依然不認為有什麼危險，總之就先靜觀其變吧。

希望是杞人憂天。

哈爾卡拉的工廠在幾天後開始營業。

起先因為銷售管道不多，並未展開大量生產，因此似乎在納斯庫堤鎮與附近販賣，選擇靜觀其變。

上架商品為「營養酒」，以及其他健康飲料。

有不少如「苦澀的健康源」、「擊破睡眠液」等奇怪的名稱。

每一項商品都穩健地販售。

即使全都是不熟悉的商品，但總有吸引人目光的要素。

果然，哈爾卡拉做生意的見識相當驚人，準確掌握顧客的心情，開始營運後才過一個星期，生產量就增加了一倍。

哈爾卡拉表示，如果工廠營運順利，甚至可以開設第二座工廠。猜想連這方面都已經有相當具體的計畫了吧。

至於我，對哈爾卡拉開心地工作絲毫沒有意見。

附帶一提，哈爾卡拉雖然會前往工廠進行指導之類，但逐漸將所有工程交給雇用的員工，自己改忙老闆的工作。

比起配藥師，她果然更像經營者。

「哎呀～繼續下去的話，買下一座城鎮可能也不是夢想呢～生意進展得很順利呢～」

每天回家後，哈爾卡拉都開心地表示。

「來，送給法露法與夏露夏書本當禮物喔。這是拜託州府的書店找到的罕見書籍。」

「哇～！哈爾卡拉姊姊最棒了！」「謝謝妳，哈爾卡拉小姐。」

能得到以前找不到的書籍，兩人都坦率地開心不已。

「目前正請人幫忙，尋找好酒送給師傅大人與萊卡小姐，報答之前為我舉辦慶祝會喔！」

「妳花了不少錢呢。」

「賺來的錢不花就無法活絡經濟啊！這才是正確的經濟活動！」

就像這樣，哈爾卡拉看起來狀況絕佳。

◇

不過——又過了一個星期。

晚上萊卡慌慌張張跑回來。

「咦，萊卡，今天比平常早回家呢。」

為了接送哈爾卡拉，萊卡化身為龍往返高原與城鎮。

「不好了，亞梓莎大人！聽說哈爾卡拉小姐被州知事的貴族逮捕了！聽說有犯罪嫌疑之類！」

「之前我就有不好的預感……果然沒錯！」

看來必須立刻前往城鎮才行……

我帶著法露法與夏露夏以及羅莎莉，乘坐萊卡前往納斯庫堤鎮。

單獨留女兒在家裡有些不放心，而且考慮到夏露夏可能比較了解這個國家的歷史與動向。

哈爾卡拉的工廠已經遭到戒備森嚴的士兵們手持長槍封鎖。

看來是從不同城市，比方說州府那一帶來的。

有一名年輕女性不安地遠遠望向工廠，因此試著向對方打招呼。

「不好意思，請問您知道那間工廠怎麼了嗎？」

「是的，我……是在工廠工作的職員……」

來了珍貴的情報來源。

「我們是哈爾卡拉的家人。能不能告訴我們呢？」

在帶領下我們來到職員的住處，在此聽她說明原委。

「今天，工廠依然一如往常營運。結果過了中午之後，一群人闖進來以州知事的命令逮捕了老闆……罪名是未經許可販賣藥物……」
「哈爾卡拉姊姊說過，她已經送交申請書了。難以置信會未經許可……」
法露法說得沒錯，我也聽哈爾卡拉說過。
「毫無疑問，這是逮捕哈爾卡拉的陰謀！」
可能是我難得大吼，女性職員嚇了一跳。
「抱歉喔，我也是頭一次碰上這種事。」
「不會，只是害怕外頭聽到……況且州知事應該也來監督士兵了……」
什麼？意思是可以直接談判吧。

隨後我們前往州知事下榻的鎮上官廳。
雖然去是去了，但有衛兵看守，不肯放我們通行。可是，我們也並未立刻退縮。只要州知事肯出面，就有機會談判，至少有可能要求釋放哈爾卡拉。
與警衛兵吵了幾分鐘「讓我們和知事談一下」「不行！」的期間內，鎮民聚集在後方。
其實這才是我的目的。不論是高原魔女的我，哈爾卡拉的工廠以及羅莎莉，基本上在這座鎮上的口碑都不錯；那麼，就能以民意為後盾。
「外頭還真是吵啊。」

一位感覺像是州知事的男人終於出現，像漢字八的八字鬍相當顯眼。
「我是州知事戈爾達。妳們有意圖不經過審判，以武力放走罪犯的嫌疑，小心我連妳們一起抓起來。」
這時候夏露夏往前走出一步。
「這次的案件，沒有緊急拘留嫌疑人的必然性。只要確認文件即可。因此，我們要求釋放哈爾卡拉小姐。」
真不愧是夏露夏！對這些訴訟細節也十分詳細！
「下達拘捕的判斷是根據州知事的權限。之前警告過了卻沒有回應，才採取這種措施。」
聲音高高在上的州知事戈爾達表示。
「怎麼可能有這種事！哈爾卡拉小姐不可能在收到警告的情況下依然營運工廠！」
萊卡義憤填膺地大喊，彷彿同時替我表達心情。
「有什麼意見的話，就上法庭說分明吧。我只不過採取適當手續而已！如果堅持無辜的話，就拿出無辜的證據來！」
從後方傳來鎮民「你根本就是強制逮捕沒有贈送賄賂的人吧！」「法院也狼狽為奸吧！」的叫罵聲。
嗚哇，與其說是封建社會，還是什麼呢……這樣根本沒有三權分立嘛。

因為哈爾卡拉沒有拿出賄賂，才被他盯上了吧。

「總之，審判將在法庭進行。這就是規定。如果妳們有證明無辜的文件，就在法庭上拿出來吧。就算妳們有，也可以馬上揭穿是妳們偽造的。哈哈哈！」

可惡，居然還放聲大笑。照這樣看來，就算從哈爾卡拉的房間翻出許可證明相關文件，也會有缺乏效力等各種問題吧。他一定打算以假文件撤銷效力，讓哈爾卡拉的罪名成立。

「至少，我們這邊可沒收到任何申請書啊。不過，如果捐贈幾千萬戈爾德之類，或許會發現埋在底下的文件吧。」

意思是要救哈爾卡拉就拿錢出來嗎？居然敢瞧不起我們。

「哎呀，真希望趕快開庭呢。州政府得沒收違法營業的工廠啊！」

「怎麼會！哈爾卡拉小姐在那間工廠付出了相當多的熱情！沒收實在太過分了！」

萊卡已經氣得快從嘴裡噴出火來。

可是，不能再進一步動用武力了。這會陷我們於不利。

「州知事先生，既然你要扭曲正義，代表做好相對應的覺悟了吧？」

我極力壓抑感情，靜靜地開口。

「噢，妳就是那個叫高原魔女的騙子吧。四處散布最強的謠言，應該撈了不少錢，總該拿得出一點急用時的錢吧？」

知道我這個人卻不相信我嗎？畢竟這是沒有電視也沒有網路的時代。
「怎樣？既然號稱最強，要試試看動武將嫌犯搶回去嗎？」
「不，我們會在法庭上證明正義。打贏官司是最確實的勝利。」
雖然想露出無畏的笑容，結果還是笑不出來。我緊緊瞪著州知事。
州知事戈爾達笑得一臉猙獰，同時消失在建築物中。
你惹到絕對不該惹的一家人了。
我們媲美開掛般的力量，在戰鬥之外也派得上用場。
我的視線望向羅莎莉。
「羅莎莉，我想藉助妳的力量。」
「咦？我嗎？」
羅莎莉一臉不解。
「嗯，只要有妳的力量，這場官司，絕對贏得了。」

◇

一晃就到了開庭的日子。
我們全家人都以參考人的身分參加審理。因為絕對要爭取無罪。不對，還要贏得比無罪更好的結果。因此能盡的努力我們都盡了。

終於到了開庭時間。

首席法官與另外四名法官進入。由首席法官負責審判，以五人多數決做出審判結果。

這些人有不少與州知事勾結。因此，這場審理一點也不公平。

附帶一提，透過夏露夏的門路，請來了相當大牌的律師。

州知事戈爾達似乎也坐在座位上觀審。

是為了警告我們，與他為敵會有什麼下場吧。

八成與州知事戈爾達勾結的法官緩緩站起身。

「嗯～我呢……本法官認為，這件案子是冤枉的。因為啊，這樣根本不合理嘛！不合理的事情怎麼能夠承認呢！這才是世間的道理啊！一舉一動都看在老天爺的眼裡呢！」

口氣一點也不像法官，法庭內一陣騷動。

對，沒錯。羅莎莉附在他身上。

我們沒理由打輸官司。

畢竟，我們有羅莎莉，還可以偷溜進去盡情收集文件。

「看本法官拿出沒有理由判罪的證據！哎呀，這就是被告哈爾卡拉確實向州知事提交申請書的文件！換句話說，這根本不是什麼犯罪！」
被羅莎莉附身的老年法官，啪的一聲將文件甩在桌上。
會場一下子陷入一片混亂，可能沒有任何人料到這種發展吧。
事先處分掉不就行了，看來對手也掉以輕心呢。
「想也知道那是假的！怎麼可能會有！」
州知事戈爾達大喊。如果文件是真的，就變成州知事的責任問題了。也難怪他會這麼拚命否定。
「哎呀，不過耶，已經請三十名法學者寫下這是正牌文件的證明書了喔。看，這就是那份證明書！」
被羅莎莉附身的法官丟出一大堆文件。
這是動用了夏露夏的人脈。
夏露夏認識不少文科大學教授，因此一一請他們寫下證明書。這也難怪，畢竟是貨真價實的文件，所有人當然立刻回答是真的。
「挑明了說吧，有這份證明書，是非就清楚了！哈爾卡拉小姐是得到許可後才開設工廠，並且製造藥品。這根本不是犯罪！有本事把白的抹成黑的就來吧——好啦，本法官去上個廁所。」
過了一段時間後，外頭傳來「嘩啦～」的聲音。

是羅莎莉跳進法院庭院裡的池塘聲。
這樣應該能脫離法官的身體。
——然後，附在下一個法官身上。
如果一直只附在一人身上，也會顯得不太自然。
一會兒後，渾身溼透的法官一臉狐疑地回到座位上。
這次換第二個法官嘮叨說個不停。
「哎呀，這個法官留下了好多紀錄呢！每一項都是州知事收受賄賂的證據嘛！我的乖乖啊！」
會場又瀰漫異樣的氣氛。
「這根本就是捏造的！是某種陰謀！」
臉色發青的戈爾達大吼，畢竟這事情可不能坐視不理呢。
「不過啊，這也有眾多法學者掛保證，有做為證據文件的價值呢～而且還不是一兩人而已喔。人數多到容不得你否認這是捏造耶！」
「你們幾個，是什麼時候偷出來的！」
「偷出來？這麼說，東西原本在你手上嗎？所以你明知道有文件，卻還說沒有？」
州知事露出不妙的表情。
「壞人露出狐狸尾巴了啊，看來是惡貫滿盈該認罪的時候了？」

這時有人慌張跑進來，多半是州知事的部下之類吧。

「不好了！收到了貴族與政治人物聯名對州知事的彈劾狀！」

事前已經帶著賄賂的證據文件，向戈爾達的政敵遊說。

俗話說敵人的敵人就是朋友，所有人都樂於幫忙。

憑萊卡的移動速度，幾天內就足以收集連署。

由於掌握清楚證據，要怎麼攻擊都可以。

已經不需要律師或檢察官出面了。

活動早就變成了「聲討黑心州知事大會」。

「來，被告哈爾卡拉小姐，看妳好像有許多話想說，那就盡情說出來吧！」

緩緩點點頭，哈爾卡拉從座位站起來。

臉上寫著贏定了的表情。

因此，哈爾卡拉似乎也切換至戰鬥模式。

「這個～我填好並提交文件是無庸置疑的～結果呢，他開口向我索取像是賄賂的東西～因為我不清楚這些事情，所以沒有贈送什麼像樣的禮物。結果呢，卻突然遭到逮捕。這根本沒有根據喔。沒有根連野草都無法活呢。傷腦筋喔～不過，法官拿出了不容辯駁的文件，真的幫了大忙呢。在我看來，壞人就應該遭到天譴之類的報應喔，就是這樣而已。還有，如果再度發下營業許可的話，我打算販售更多的『營養酒』，請各位多多指教。我說完了。」

最後那一段，只是單純的宣傳吧。

總之勝負已經揭曉。

不過，還得再給他最後一擊。

又有像是州知事部下的人慌張跑來。

「報告！群眾聚集在法院前……要求公平審判以及罷免州知事……」

這是我們到處低頭，打通各方關節的成果。

許多人早就對黑心州知事不滿，只因為個人缺乏戰力而隱忍不發。

因此，我們聚集了大量只要發聲即可的群眾。

主體是接近我們的生活圈——弗拉塔村與納斯庫堤鎮。這一帶只要我開口，眾人幾乎都會無條件答應，村民與鎮民還幫忙在其他地區也動員抗議。

已經是我們的完全勝利。

檢察官雖然主張審判有混亂之虞，要重新開庭審理。但是反過來說，代表他也只有擇日再審這一招拖延戰術而已。

既然證據文件完完整整，州知事也無法繼續狡賴，只好說是忘記了文件。這一瞬間就決定了哈爾卡拉是無辜的。

當然，可不會這麼輕易結束。

戈爾達雖然當場宣布辭去州知事一職，不過老實招認就能獲得原諒的話，世界上就不需要警察了，因此一走出法院就立刻遭到逮捕。

◇

事件順利落幕，哈爾卡拉也獲判無罪，立刻獲得釋放。

「得、得救了……其實我好怕……」

哈爾卡拉一看到我，頓時淚眼盈眶。畢竟她獨自忍耐了很久，肯定相當不安。

我摟住哈爾卡拉的肩膀拍了拍。

「已經可以放心囉，壞人都繩之以法了呢。」

「非常感謝您……師傅大人……」

其他家人在我身後擔心地望著哈爾卡拉。

「來，哈爾卡拉，不只我而已喔。大家都合作幫助了哈爾卡拉呢。」

這次大家都各盡其職。比方說夏露夏幫忙聯絡學者，萊卡變成龍載著大家移動。羅莎莉附在法官身上揭發州知事的惡行，法露法則會晤哈爾卡拉給予她勇氣。

實實在在由全家團隊合作達成的勝利。

「真的同時非常感謝大家……我現在知道社會的嚴苛了……」

總覺得好像不太對……

接著，哈爾卡拉緊緊摟住萊卡。

萊卡平時不太喜歡像是身體接觸的舉動，不過這種情況可能算特例，坦率地接受哈爾卡拉的擁抱。

「邪惡已經受到制裁。以後，不會再有人對哈爾卡拉小姐不利了呢。」

「我最喜歡大家了！家人真的很重要呢……」

然後哈爾卡拉也緊緊擁抱法露法與夏露夏，右手與左手各抱一人。

「哈爾卡拉姊姊，很努力了喔！」

「法露法妹妹謝謝妳！探視時帶的煎餅好好吃喔！」

「平安見到姊姊，太好了……」

「也很感謝夏露夏妹妹的幫助喔！」

嗯嗯，這是只有家人的時間。雖然很辛苦，但一切結束後，可以說這是證明我們團結的好機會。

——這時候，還感受到另一人的氣息。

「大姊……之前很辛苦吧。」

出現了一個神祕大叔。

誰？看起來身分地位還算高。

對了，剛才的法官之一吧。
不過，他怎麼會喊哈爾卡拉大姊？啊……原來是這樣。
「請問……？你是哪一位呢？」
哈爾卡拉還一臉茫然。
這個大叔，是依然附在別人身上的羅莎莉。除此之外沒有其他可能性。
「平安無事最重要！真是太好了！」
還附身在大叔身上的羅莎莉，上前擁抱哈爾卡拉。
「嗚哇！稍等一下！被男人擁抱需要心理準備！嗚哇，好臭……瀰漫著獨特的老人臭……」
因為身體還是法官啊……
「羅莎莉，等等，等一下！妳還沒脫離啊！那是別人的身體！」
我也急忙試圖制止，但羅莎莉正興奮，沒聽到我的話……
不如說，羅莎莉的淚腺似乎比哈爾卡拉更脆弱，正在淚眼汪汪。畢竟這女孩，特別看重人情這方面呢……
「能得救真的太好了……不久之前，我還一直給人添麻煩，所以一直掛念，擔心不已……真的太好啦！」
「好痛，好痛！鬍碴刺到好痛啊！這是怎麼回事，新型的精神攻擊嗎!?」

被不認識的大叔緊緊摟住，不論是男是女應該都會受到創傷。就算我是男的也不喜歡。

「哎呀……真奇怪，有種奇妙的感覺……」

「呃，羅莎莉小姐，怎麼了嗎……？」

「像這樣……緊貼著哈爾卡拉大姊，就覺得身體變熱了呢……說得更生動一點，感覺好興奮喔。簡直不像自己的身體呢。」

那確實不是妳的身體。

「這該不會是戀愛吧……？不對，彼此都是女生，怎麼可能呢……可是，好想這樣繼續摟住大姊幾個小時呢……」

「那是因為身體是男性吧！男性的本能啦！拜託，不要再靠近了！」

「男性……？啊，我還附在法官身上……大姊對不起！」

之後，羅莎莉一頭栽進井水中，成功脫離。

哈爾卡拉則搗著臉頰一段時間。

「嗚……鬍子刺刺的好難受……如果受到這種拷問，可能會招認莫須有的罪名……」

「哈爾卡拉大姊，真的很對不起……等一下用力揍我吧！」

對上下級關係很囉唆的羅莎莉不停低頭道歉。

「更何況幽靈又沒辦法揍，就算能揍我也不會動手。羅莎莉小姐也付出了很大貢獻啊。」

如果連法官都狼狽為奸，只要強行讓法官成為我們的夥伴即可，才讓羅莎莉負責這項任務。

「好啦，那就趕快向這間法庭說拜拜囉，大家一起回去吧。」

畢竟為了打官司而特地跑來州府維達梅呢。

「對啊……牢房裡的床好硬……」

想起惡劣的環境，哈爾卡拉疲憊不堪。

「不過，還得再說一次謝謝才行呢。」

「向誰道謝呢？」

「一言以蔽之，『大家』啊。」

一走出法庭，見到為了今天而趕來的大批村民鎮民聚集。

還有人高舉寫著「哈爾卡拉小姐是無辜的」或是「州知事貪汙舞弊」之類的布條。

「我們的夥伴不只家人而已喔，還有更多的人願意相信我們。」

「天啊……真是讓人感激涕零的光景呢……」

哈爾卡拉也一臉神清氣爽地凝視來加油的群眾。

然後加油群眾異口同聲表示。

「『哈爾卡拉小姐，恭喜您出獄！』」

「…………呃，我可是無辜的喔!?拜託各位千萬別搞錯喔!?」

◇

由於哈爾卡拉的事件還導致州知事倒臺，成為話題性相當高的消息。

我來到弗拉塔村時，理所當然有村民向我打招呼「之前辛苦您了」，哈爾卡拉也在納斯庫堤鎮聽到不少人如此打招呼。畢竟就在工廠原本的位置，也是當然的。

除此之外，哈爾卡拉事件似乎還傳遍了全州。

雖然我沒有特地去確認，但與眾多學者有聯絡的夏露夏也這麼說，看來是真的。

原本擔心再度出現盯上「高原魔女」的人，但我並非以力量強硬解決事件，應該還好吧。

如果要動粗強行搶走哈爾卡拉，就有可能爆發全面戰爭。但即便如此還有勝算，就是我們家族可怕的地方。

「對夏露夏也有好處。由於寄信給之前原本想聯絡、卻因為難為情而保持距離的教授們，成功取得了聯絡。」

「哎呀，夏露夏，真是太好了。」

雖然不太顯露於表情，但身為母親，可以看得出夏露夏很開心。

「多虧這一次，夏露夏還得到請教授過目論文的機會。」

「論文？」

夏露夏在桌子上放了大約三十張的一疊紙。

第一張紙寫著『史萊姆文化論　夏露夏．埃札瓦』。

另外，埃札瓦源自於我的舊姓相澤。但自從來到這個世界後，別人只稱呼我為高原魔女亞梓莎大人，因此幾乎沒有人用這個姓。

「一一說明史萊姆這種存在在文化史上的意義。」

「真是厲害……原來，夏露夏在研究這個啊……不只光看書而已，連自己也撰寫……」

雖然不知道內容對不對，但外表看起來是有模有樣的研究論文。

「應該是能夠立足於最新研究動向的優秀內容吧。」

「哦，話說研究史萊姆的人大約有幾位呢？」

「文化史方面包括夏露夏在內，王國有兩人。」

「這領域太冷門了吧！」

看起來似乎不值錢，也很難當作一門生意，才導致研究人員有限嗎？

「目前，各領域的史萊姆研究人員中，舉辦史萊姆學會的機運也提高不少。如果能舉辦的話，對於史萊姆研究史將邁進很大一步。夏露夏也十分期待。」

「是嗎……要加油喔……」

在日本應該也有各式各樣的研究人員，原來在這個世界也一樣啊。

說不定陪著夏露夏，有機會參加這一類學會也說不定。

「好吧，夏露夏，今天我想做幾道菜，可以來幫我的忙嗎？」

時間接近中午，最好開始行動比較好。

「幫忙？」

「嗯，哈爾卡拉『出獄』之後過了兩個星期，我正想差不多該舉辦餐會，同時慰勞她呢。」

雖然僅有幾天，但哈爾卡拉被帶離這個家，可能還嘗到了苦頭，希望盡快以好的回憶幫助她忘記這些經歷。

「是很棒的點子，夏露夏也想積極幫忙。」

「嗯，那就拜託夏露夏切這些蔬菜吧。」

準備了一段時間後，事先邀請的客人也跟著抵達。

「小女子來啦。」

別西卜來了，還扛著一個大箱子。

「那箱子裡是什麼？」

「剛才先去了納斯庫堤一趟，買了整箱『營養酒』。」

「真豪邁！重度使用者也不是這樣吧！」

「這樣就能撐一陣子啦。過了大約三天後，會再去採買。真高興工廠能開始量產了哪。」

有這樣熱心的粉絲，工廠肯定不會倒閉吧。

「找來魔族第一『營養酒』愛好者的小女子，值得稱讚哪。哈爾卡拉被捕時如果也找小女子來，區區黑心州知事馬上就能撕成八塊啦。」

「所以才沒找妳啊。」

出手好狠，魔族太恐怖了。萬一民眾害怕與魔族勾結的魔女，那問題可就大了。別西卜已經是『營養酒』的愛好者，我不認為她會原諒捏造罪名、迫使工廠關閉的犯人。

「機會難得，小女子也秀一手魔族料理吧。首先，蒸熟這塊地瓜後搗爛。」

就這樣，飯局的準備進行得十分順利。

途中萊卡與法露法跟著加入，羅莎莉操縱刀子切蔬菜。這次燉菜與火鍋料理較多。總之，就是燉煮流。

「小女子製作的料理是叫『地獄鍋』的魔族家常菜。」
名稱一點也不家常，而且聽起來好辣。
「放了大量辛辣的香料，所以吃了舌頭會麻掉喔。」
「原來真的會辣啊！」
「只要吃了它，身體就會發熱，對健康很好。不過，隔天會瀉肚子。」
別在各個家庭裡煮這種東西啦。
別西卜將帶來的食材加進鍋內，火鍋跟著愈變愈紅。
萬一沒有人敢吃的話會很尷尬，拜託做一些正統派的菜色好嗎？

一邊擔心的同時，時間跟著流逝——
「亞梓莎大人，到了迎接的時間，吾人去接她了。」
到了萊卡去接哈爾卡拉的時間。
「嗯，拜託妳囉。料理已經快完成了！」
接下來只等哈爾卡拉看見滿桌料理而感動了。
可是——
等了老半天，就是不見哈爾卡拉回來。
料理也逐漸變冷，雖然重新加熱即可。

「欸，亞梓莎啊，她該不會又遭到逮捕了吧？」

「不會吧……再怎麼說，哈爾卡拉她……正因為是哈爾卡拉，才不敢完全否定呢……」

提到麻煩就想到哈爾卡拉，提到哈爾卡拉就想到麻煩……

希望別遭受大事件牽連就好……

「話說回來，前任州知事遭到罷免後，下一任州知事是什麼樣的人？如果是上一任州知事的狐群狗黨，說不定會來個殺雞儆猴哪。」

我確實對政治太缺乏興趣，沒考慮到下一任州知事的問題。

「該說敢陷害高原魔女的夥伴，連在前一任州知事眼中都如此不要命呢，還是不知道魔女有多麼可怕。說不定會重蹈覆轍……」

「該怎麼辦！萬一哈爾卡拉遇害的話該怎麼辦！」

「雖然很想說妳想太多了啦……」

原本開心的氣氛突然變得好沉重。

「冷靜一點，媽媽！萊卡姊姊已經去了，如果發生什麼事會立刻趕回來的。」

聽到法露法的話，心情才稍微緩和下來。

「也對……等待萊卡吧。現在只能這樣……」

話雖如此，由於主角不在，也沒心情漫無目的閒聊。

整體氣氛好沉重……
終於過了哈爾卡拉平時回家時間的兩小時後。
「呼啊～啊……哈爾卡拉姊姊，好慢喔。」
法露法打了個呵欠。怎麼辦……開始想睡覺了嗎……
「這個，要不要現在先開動呢？畢竟料理有很多……」
「夏露夏要等待。」
拘謹的夏露夏不同意。
「小女子也想讓哈爾卡拉吃『地獄鍋』吃到撐，所以要等。」
這東西如果吃到撐，絕對會吃壞肚子吧……
「等待時間愈久，辣味會更滲入食材中，不如說完成度更高哪。這種料理第二天比第一天嘗起來更美味。沒問題。」
哈爾卡拉……妳回家之後也會面臨貨真價實的地獄……
然後，到了距離平時到家時間的三小時後。
「呼……唔……」
法露法進入了夢鄉。
沒辦法，只好幫她蓋上毛巾毯。
原本猶豫要不要帶她回房間睡，但宴會延遲導致無法參加，法露法也會難過。因此決定等哈爾卡拉回到家就叫醒她。

「唔~真讓人在意呢……要不要我去看看情況？」

羅莎莉提議。

「可是幽靈無法在這個空間高速移動吧？如果錯過了又不好……」

「小女子去讓『地獄鍋』進一步升級吧。不如說，或許應該稱為更辣的『大地獄鍋』哪。」

說著，別西卜前往廚房。真是的，隨妳便吧。

不過，這也實在太慢了……如果再過一小時還不回來，是否至少確認一下安全比較好。有萊卡在應該不會輸，卻無法保證這個世界不會有可怕的存在。

正當我思索這些事情的時候——

感覺好像聽見龍拍動翅膀，啪噠啪噠的聲音。

我急忙衝到外頭去。

是龍形的萊卡與騎在背上的哈爾卡拉！

「這麼晚才回來……不好意思……」

只見哈爾卡拉搖搖晃晃，同時爬下萊卡的背。

「究竟發生了什麼事……？看妳似乎特別疲勞呢。」

「其實是，州知事不是換了別人嗎？」

該不會真的遭到報復之類了吧？

「結果呢，新的州知事喜歡『營養酒』等其他商品，帶到王國去之後，說國王也很中意……然後國家正式下訂單委託生產……」

「國家委託!?」

「討論會議拖了好久……由於是國家的委託，又不好乾脆說明天再繼續討論……才會導致加班加這麼晚……」

「如果已經知道會弄得這麼晚，暫時先回家應該比較好，但由於不知道會拖多晚……不好意思，是吾人判斷失誤。」

恢復人形的萊卡低頭致歉。其實這不是萊卡的過失，因此我並未在意。

「什麼啊，所以說，基本上算是開心地傷腦筋吧。」

白擔心她了。

「哎呀~累癱了呢……今天我不吃晚飯了，好想馬上睡覺……」

「呃，這可傷腦筋呢。」

我帶哈爾卡拉來到餐會會場。

料理擺滿了桌面。

「咦，這是……？」

「妳之前不是嘗了不少苦頭嗎？所以，我們舉辦了慰勞妳的餐會。雖然比預定時間晚了不少。」

「非常感謝您！師傅大人！」

被哈爾卡拉緊緊擁抱。雖然逐漸習慣，但胸部的彈力還是很強。也就是「男生應該會喜歡這樣吧」事件。不，即使是女生多少也會感到開心。畢竟以前女中的班上就有幾個會揉別人胸部的女生。

「欸，妳的胸部罩杯是多少啊？」

「什麼是罩杯？」

對喔，這個世界沒有關於胸部大小的單位。雖然沒有也能立刻得知胸部很大。

與哈爾卡拉聊著天時，法露法也醒了過來。

「咦？哈爾卡拉姊姊，回來了嗎？」

「所有人都到齊了呢！那麼，就慶祝哈爾卡拉之前的辛苦，以及祝福事業今後大展鴻圖喔！」

所有人一起舉杯。

「辛苦妳了，哈爾卡拉！今後也要繼續加油喔～」

哈爾卡拉的眼眶微微泛淚。

表情既美麗又成熟，與平時殘念系角色有些許不同。

「多虧大家的幫忙，我才能身為老闆繼續經營。真的，真的……非常感謝大家……」
「來，多吃一點吧！畢竟是老闆，明天晚一點到工廠也沒關係吧！」
「是的！我會全部吃光完全不剩喔！因為完成了大案子，正好有慶功宴的感覺！」
這時候，冒著泡泡煮滾的火鍋端了回來。
「煮成辣度十啦。」
別西卜說出讓人不安的話。
「呃……別西卜小姐，這道料理是……？」
「是名叫『地獄鍋』的魔族家庭料理。務必嘗嘗看啊，這是身為『營養酒』粉絲的禮物。」
別西卜將深紅色火鍋料理舀進盤子裡。
「這不是很辣的菜嗎……？」
「放心吧，沒有達到致死量。」
這不是料理該出現的詞彙吧。
哈爾卡拉戰戰兢兢，將料理舀進口中。
「啊，好像沒有那麼辣——嗚哇！後勁來啦！強烈的後勁來啦！」
「還有很～多喔。既然說過要統統吃光，真是勇敢啊。」

「拜託！剛才只是趁勢說的！我可不知道有這道料理啊！」
「難道妳的意思是，不吃小女子做的料理嗎？」
啊，這模式很麻煩呢。
「我已經很飽了，差不多吃不下囉……」
「我也是……」
「我是幽靈沒辦法吃東西，真可惜。」
「法露法很愛睏，所以吃不太下……」
「夏露夏學過，睡前要少吃點東西。」
「怎麼大家都想若無其事落跑啊!?救、救命啊！」

隔天，哈爾卡拉吃壞了肚子，因此工廠休息一天。
不過，愈是忙碌的時候，更要放帶薪假，調整身體情況是很重要的。附帶一提，由於吃了辣的料理，難得沒喝什麼酒的哈爾卡拉，完全沒有宿醉症狀。加起來可能對健康還不錯吧。
「啊~要不要也調配吃辣的東西時很有效的飲料呢……」
服用自己調和的蘑菇與藥草藥物，哈爾卡拉嘆了一口氣。

製作了幽靈的洋裝

She continued destroy slime for 300 years

舉辦哈爾卡拉慶祝會的隔天早上。

我在準備全家的早餐時，別西卜不知為何從外頭的門走進來。

「妳剛才去哪裡了呢？」

「到附近散散步。果然，高原的空氣清爽，真是舒服哪。尤其是喝了酒的隔天，還可以當作轉換心情呢。」

早上散步啊，太健康了一點也不魔族。

「以前，還在與這個國家打仗的時候，似乎經常謠傳魔族在夜晚出沒，但當夜貓子對身體不好。小女子向魔族提倡要早睡早起。」

「一大早就要防備魔族的世界真討厭呢，希望今後能繼續維持和平。」

「關於打仗的可能性，完全不需要擔心。如同妳們國家從未試圖占領過魔族土地，我們也不打算統治整片大陸。太廣大了很不方便哪。考慮對行政區國民的服務，目前的大小剛剛好。」

即使僅憑這番對話，應該也可以認為魔族不會有大舉進攻的可能性。

「對了，頒發魔族勳章的日期決定了，希望妳務必前來領取。」

「啊，之前妳說的和平部門之類的那個吧。」

之前我曾經平息龍族之間的鬥爭，不知為何受到魔族表揚，結果獲贈一面勳章。

雖然似乎很光榮，但我與魔族世界沒什麼交集，因此不清楚詳情。

「那麼，我就心懷感激接受囉。告訴我日期吧。」

反正不是上班族，不用擔心與工作撞期，現在生活真的非常幸福。以前當社畜的時候甚至碰到演唱會當天突然得工作，導致浪費門票的慘劇。

別西卜告知三個星期後的日期。其實還滿接近的。

「知道了，我也會通知哈爾卡拉當天工廠放假。」

「嗯，小女子會準備好許多料理等待妳們。」

一聽到料理，我就有不好的預感。

「這個……魔族料理該不會每一道都這麼辣吧……？」

昨天，哈爾卡拉表示「嘴唇愈來愈腫了……希望加點蜂蜜……」一邊嗆咳一邊吃火鍋，所有菜色都辣的話可就麻煩了。

「不是所有菜色都辣，儘管放心吧。如果覺得甜一點比較好，那就增強菜色的甜味吧。」

「謝謝妳。飲食文化依照地區不同差異很大呢。」
難得為我們準備的佳肴卻無法享用，我們也會覺得過意不去。

◇

就這樣，正式決定參加魔族勳章的頒獎典禮。
因為從未踏上魔族的土地，還算滿有興趣。若是以前可能會嚇得不敢去，但是看別西卜的模樣，應該沒什麼問題。
不過，唯有哈爾卡拉嚇得瑟瑟發抖。
「我滿腦子只有不好的預感……可不可以剛好在當天偶然肚子痛？」
「有怕到想裝病嗎？」
「因為可能會端出奇怪的料理啊……雖然她說會準備不辣的菜色，但可能只是比那道火鍋稍微不辣的等級而已……」
由於之前被辣慘了，也難怪她疑心病重。
「咦？哈爾卡拉姊姊，要使出裝病嗎？」
法露法似乎聽到了這番話。
「法露法妹妹，剛才那是文字遊戲喔？只是偶然，認為那一天可能會肚子痛而已。」

哈爾卡拉想盡辦法自圓其說呢……

「沒問題的！」

法露法將手置於胸前。

「法露法的口風很緊喔！絕對不會向魔族的人說裝病的！相信法露法吧！會告訴別人這不是裝病喔！」

「別這樣！特地說這不是裝病的話，反而會啟人疑竇！」

「法露法，完全了解哈爾卡拉姊姊的心情，所以不必擔心！別西卜小姐幫姊姊製作的料理很難入口吧？因為承受不了才要休息吧？」

「這、這個……聽妳這麼一說，是這樣沒錯……」

「法露法會若無其事地向別西卜小姐報告喔！」

冷汗從哈爾卡拉的額頭留下。

我拍了拍哈爾卡拉的肩膀。

「哈爾卡拉，勸妳放棄吧。再這樣下去，法露法可能會說妳裝病休息……不保證魔族不會因此對妳產生敵意喔……」

「果然是這樣嗎……這種發展很不好呢……就像再三保證絕對不說出去，結果還是說出去的模式呢……」

總覺得，日本也有類似的笑話。難道是萬國共通嗎？

「知道了……我會以從加拉爾尖塔一躍而下的覺悟，老老實實出席的……」

似乎參雜從清水寺舞臺一躍而下的典故，哈爾卡拉也決定出席。

如此全家都決定參加，是一件值得開心的事。

「禮服可以穿上一次為了龍族結婚典禮而準備的那套，沒有問題吧。」

不過，家人比之前多了一名。

「不好意思，大姊……」

羅莎莉飄到我身邊來。

「我沒有任何禮服之類的東西。」

「是嗎，是嗎。那就去村子或城鎮買一件——哎呀？」

幽靈的衣服要怎麼買啊？應該說買了能穿嗎？

「話說回來，妳一直穿著小鎮女孩的服裝，那件衣服可以換嗎？」

「我成為幽靈之後一直是這套衣服。連穿脫方式也不明白……」

哇咧！原來有這種問題啊！

由於不明白該怎麼做，嘗試詢問萊卡與夏露夏。

因為猜想她們兩人對這方面的知識應該很豐富。

「有販售幽靈用服飾的店家嗎？」

「完全沒有見過。」
「這種店家，在故事中也沒看過。」
不行嗎。可是就她一個人穿平常的服飾出席也太可憐了……
後來還嘗試詢問鎮上的服飾店。
「就算真的有幽靈穿的服飾……但幽靈沒辦法付錢，因此做不成生意……」
得到這樣的答覆。原來如此，這意見很合理。
就算做出幽靈能穿的服飾，卻做不成生意，因此沒有人要做。
接著透過夏露夏的門路，還訪問對幽靈十分詳細的學者老師。
一口白鬍子的學者老師如此表示。
「幽靈是靈魂留在這個世界上，保有接近現世模樣的事物。因此看起來有穿衣服，也是靈魂的一部分。靈魂無法換衣服是理所當然的。因此，沒有正常的方法讓幽靈換衣服。」
還有人如此回答，有道理。
身上看起來有穿衣服，是羅莎莉生前的記憶。
如果羅莎莉生前穿著禮服，說不定這方面的記憶變強的時候，就能變成穿禮服的模樣，但那幾乎不可能。更何況禮服是外出時穿的正式服飾，記憶要贏過平時的便服很難吧。

雖然才幾天，但我似乎相當認真尋找，因此阻止我的不是別人，正是羅莎莉。

「大姊，已經可以了啦……沒辦法就是沒辦法……」

「羅莎莉，妳可能以為只要忍耐就行了。可是，沒有做錯任何事的人忍耐很奇怪吧。」

以前當社畜時，雖然忍耐到煩，但這等於一種放棄思考。萬一持續忍耐各種事情，文明會永遠停留在繩文時代。

「而且既然機會難得，羅莎莉也想和大家一樣打扮得美美的出席吧？」

如此一問，羅莎莉猶豫了一會兒，然後點頭。

「如果有機會穿的話，確實是沒錯……」

「對吧！那麼，還是找找看方法吧！不要這麼快放棄！」

「可是……要怎麼尋找方法呢？又沒有這麼奇怪的魔法。」

「對啊！」

我大聲一喊。

「只要使用魔法就行啦！」

「我不認為有這種魔法……」

「沒有就創作吧，杜鵑不叫就讓它叫。」

「杜鵑是什麼呢？難道是類似具備石化能力的雞蛇嗎？」

「啊，忘掉吧……前世記憶的影響……」

我迅速決定創作改變幽靈服裝的魔法。

沒有的魔法就從頭開始創作，發揮開掛級魔女的本領。

可是，一開始調查後，馬上察覺到「啊，這種魔法，相當棘手呢……」

對幽靈有效的魔法本身已經十分特殊，更何況，改變服裝這種用途更加特殊。完全沒有類似的魔法。

而且畢竟是直接干涉靈魂的魔法，萬一大失敗，甚至有可能對羅莎莉造成傷害。

連開掛級能力數值的我可能都很難呢……

日子轉眼間過去，很快就接近出發的日子。

兩天後就要準備出門了。

不過，魔法方面也有進展。

我已經找到頭緒，這麼做可能會順利成功。

接下來只剩下實施了。

我將禮服交給羅莎莉。

是款式盡可能簡單的白色禮服。

「來，羅莎莉。」

「呃，大姊，這應該怎麼辦才好呢？讓我看我也穿不上啊……？」

「羅莎莉，首先徹底看過這件禮服，牢記在腦海中。之後，試著想像穿這件禮服的模樣，彷彿自己真的穿上禮服，走在宴會會場的感覺。當作是意象訓練。」

羅莎莉似乎還沒反應過來。

「大姊終於踏上信者得救的神祕思想之路了嗎……？」

被幽靈認為是超自然，總覺得有點怪。

「我的結論是，應該可以使用強化妳意象的魔法。而且只要能置換成穿禮服的意象兩天左右，妳的外表應該也會改變。」

看到我認真的表情，羅莎莉似乎也拿出了幹勁。

「知道了。我也會想辦法回報大姊的熱情。」

「就是這種幹勁。相信的人真的會得到救贖喔！」

就這樣，羅莎莉從早到晚觀察這件禮服，持續相當硬派的意象訓練。我讓她從各種角度觀察禮服，藉由走在宴會會場的設定在房子裡晃來晃去。

聽到羅莎莉喃喃自語「這裡是舉辦站食宴會的區域，站食宴會的區域……」萊卡嚇了一跳，但幽靈嚇人在某種意義上還滿正常的吧。

然後，終於到了施放魔法的時刻。

我在庭院裡畫了形狀奇特的魔法陣。
因為呈現橢圓形，一般而言應該愈接近圓形愈好。
要干涉幽靈似乎這樣比較好，這是我認真調查後的結果。
羅莎莉位於魔法陣外側不遠處。
還將禮服放在正前方的地面上，為了讓她意象訓練到最後一刻。
「準備囉。」
「好的，大姊，拜託妳了。」
我詠唱自己獨創的魔法。
「現世，隱世，照亮遍布於兩者之間的黑暗……然後，讓伸出的手能連結彼端……」
咒語詠唱順利結束。
接下來，問題就在於是否有效了。由於是頭一次施放，完全不知道魔法能否生效。
「成功吧，魔法！改變吧，羅莎莉！」
雖然與魔法沒有直接關係，但我閉起眼睛，發出聲音大喊！
然後，戰戰兢兢張開眼睛後——
眼前是整齊穿上禮服的羅莎莉。

不如說，比我之前交給她的那一件禮服還豪華，蕾絲也更鮮明。

「大、大……大姊……成功了呢！這樣即使參加舞會也沒問題啦！」

羅莎莉熱淚盈眶。

我也跟著喜極而泣。

「太好了！這樣就能穿禮服踏上魔族的土地了！除了語氣以外，完全像公主喔！」

「感謝大姊！」

我們緊緊摟在一起。由於羅莎莉是幽靈，我的手穿過她的身體，不過小事情就別在意了。這畢竟是我們的擁抱，空氣擁抱。

「大姊，這件禮服，能不能小修改呢？」

「嗯？禮服有哪裡不夠好嗎？」

「背上能不能加幾個像是『羅莎莉參見』的文字……」

噢，這絕對不行……

法露法與夏露夏

史萊姆的靈魂凝聚而誕生的妖精姊妹。姊姊法露法是坦率面對自己的心情而天真的女孩。妹妹夏露夏則是關懷入微又善於照顧的女孩。兩人都非常喜歡媽媽亞梓莎。

……即使身體沉重，內心也要保持輕盈。
© Benio

媽媽～媽媽～！最喜歡媽媽了！
© Benio

這一次，絕對沒問題的！
© Benio

哈爾卡拉

精靈女孩，亞梓莎的徒弟二號。具備人人羨慕的完美容貌，以及不時展現的成熟風範，讓家人（主要是亞梓莎）十分嚮往……不過依然還是家人中的殘念系角色。

別西卜

人稱蒼蠅王的高等魔族。由於哈爾卡拉釀造的「營養酒」，以及疼愛法露法與夏露夏宛如姪女，頻繁往來於魔界與高原之家。是亞梓莎仰賴的「姊姊」。

說小女子即使嘴上抱怨卻還是來幫忙？怎麼說這種話哪！
© Benio

利維坦來了

She continued destroy slime for 300 years

終於到了踏上魔族土地的出發日。

話雖如此，我們還穿著便服待在家中。

因為預定計畫是別西卜會來接我們。

似乎要花上一些時間，因此到了目的地再換禮服。唯有羅莎莉在魔法的影響下，已經穿上了禮服。

「時候差不多了，雖然沒有嚴格規定時間。」

在別西卜抵達之前看著書，但實在坐立難安。

「很快就會來了吧，吾人第三次去確認窗戶是否鎖好。」

萊卡由於生性認真，因此反覆檢查窗戶與門鎖。

雖然應該不會有小偷膽大到敢闖進這個家，但如果遭人闖入感覺很不好，因此再小心翼翼都不為過。附帶一提，已經使用了過去在村子施放的防範用結界魔法。

「希望不會被魔族討厭……不會被魔族討厭……」

希望哈爾卡拉可以再稍微努力放輕鬆一點。
法露法與夏露夏單純地期待出遊，而且似乎靜不下來，一直坐立難安地到處跑來跑去。
忽然，原本灑落大地的陽光變暗。
該不會是被厚重的雲層遮住了吧。
可是過了一段時間，外頭還是很暗。
原以為要下起陣雨，走到外頭，抬頭一瞧才發現不對的原因。
「那是什麼啊！」
有一個非常大，大得不得了的東西遮住了太陽。
宇宙戰艦？該不會要飛往外太空吧。
而且，看起來好像是某種生物。
其他家人也魚貫來到外頭一探究竟，見到後大為驚訝。
「萊卡，妳知道那是什麼嗎？」
「魔族……是嗎？可是不知為何，看起來好像有點接近我們龍族……」
結果，有人從上空降落。
走進一瞧，才發現是別西卜。
「讓各位久等啦，來迎接各位了。來，各位就上去吧。由於在這裡著陸很麻煩，上去的這一小段路程就由萊卡變成龍送大家一程，之後那傢伙會飛往魔族的土地。」
「別西卜，上頭那是什麼啊……？」
天空已經完全被該巨大的事物遮住。
「那是利維坦。」
「咦？利維坦不是生活在海裡的怪物嗎……？」
「媽媽，有一種說法是利維坦屬於龍族的一種。」
博學的夏露夏告訴我。
「雖然不確定是不是龍族的近親，但利維坦是飛在空中的超大型魔族。休假的時候也會沉入海中，說不定就是這樣才被認為是海中的怪物。」
「再怎麼說尺寸也太誇張了。」
這種生物到底吃什麼維生啊……
不會飛行的家人騎在萊卡的背上，我與羅莎莉以自己的飛行能力（羅莎莉的情況，要說飛行能力有點不太對……），乘坐到利維坦身上。
不愧是大型生物，背部也相當寬廣，而且平坦。
上頭還蓋了幾棟建築物。
聽過以為是島嶼，結果是鯨魚的故事，可能與那類似。

「某種意義上，利維坦該不會是豪華郵輪吧……」

「雖不中亦不遠矣。來，招待各位前往賓客用房間。要走上甲板也可以，但不要跑到安全柵後方掉下去喔。即使看起來平坦，但利維坦一移動身體，可能會突然有危險。」

「媽媽，夏露夏，現在覺得好感激。」

雖然表情沒什麼變化，不過夏露夏在筆記用的筆記本上振筆疾書。應該是要留下利維坦的紀錄吧。

首先，在別西卜的帶領下進入賓客用房間。

裝飾看起來像詭異的表情，可能是魔族風格。

除此之外則鋪設感覺很高級的地毯，擺設豪華的桌子。連床鋪都有幾張。

「利維坦無法快速移動，因此今天在這裡過一晚吧。」

「原來在移動中也款待我們呢。」

「餐點也考慮到各位的飲食，準備以雞肉與蔬菜為中心的菜餚。而且不辣，放心吧。」

太好了，別西卜似乎也努力配合我們。

「此外，這裡的二樓是餐飲區，三樓是瞭望臺區，想享受從空中眺望的樂趣，等一下可以去看看。接著再向各位介紹隔壁樓。」

我們全家魚貫跟著別西卜。

隔壁樓呈現像是賭場的空間。

擺放著幾張類似撲克牌遊戲與輪盤遊戲的桌子。

「這裡是賭場？」

「這個呢，其實說得沒錯。不過，這次搭乘的只有妳們而已，並且危險性還不少，所以沒有開放。」

哈爾卡拉露出惋惜的表情。

「危險性不少是什麼意思？」

「在這裡沉迷賭博輸光的話，會被剝個精光。魔族一旦賭起來就會卯盡全力。即使是來賓也不會刻意放水。太多人在賭場傾家蕩產，最後連自己的權利都賠光，輪為賭債的奴隸。」

然後，別西卜瞄了一眼哈爾卡拉。

「像哈爾卡拉這樣賭性堅強的如果輸光，找妳們來的小女子也過意不去哪……」

似乎沒有聽到勸告，哈爾卡拉居然還說：「哎～要是有賭場的話就能翻倍了呢～」

反過來要是將工廠輸光可就傷腦筋了，幸好賭場沒開……

我們再度移動到隔壁樓，基本上可以認為利維坦的身上有一座城鎮。

該處一下子就看得出是什麼設施，因為脫衣處有分男女。

「這裡是大浴場，在抵達之前可以悠哉泡澡。」
「真好，等一下就讓我們使用吧。」
「機會難得，要不要探頭看一看？反正沒有人在洗。」
然後我們經過脫衣處，進入浴池一探究竟。僅先脫掉鞋子。
——結果，居然有人先來了。
「咦……？還以為這個時間沒有人的……」
看起來像年輕女孩，但頭上長了東西，應該不是普通人吧。
不過，都已經乘坐上來了，究竟是誰啊？
「唔，妳啊，現在可是工作時間哪……還不去工作，在這裡偷懶！」
「不好意思，上司……」
女孩低下頭致歉。
名叫瓦妮雅的女孩，嘩啦一聲從浴池跑出來。
「頭一次與各位見面，我是利維坦瓦妮雅。目前是人的外表，不過與姊姊法托菈輪流飛行與維修。目前輪到姊姊法托菈飛行。」
雖然說明很清楚，但她光著身子說話讓人坐立難安……
話說回來，肌膚緊致的她，身體真是漂亮……簡直就像人偶一樣。
「瓦妮雅，怎麼可以光著身子說話呢！這豈不是野蠻人嗎！」

「上司，非常抱歉！」
瓦妮雅跑回浴池內。
「附帶一提，這座浴池的水質是魔泉，保險起見要各位請小心一點。」
「魔泉？沒聽過這水質呢。」
只聽過鹼性或是弱酸性之類。
「這個呢，一言以蔽之，肌膚會滑滑的。」
「啊～溫泉經常有這種效果。」
「不過，如果在浴池睡著泡了好幾個小時，身體會融化。」
好可怕！
「當然，這是指泡了好幾個小時的情況。再怎麼說也不可能連續七到八小時，一直泡在浴池裡，所以其實不用太在意。」
萊卡將手搭在哈爾卡拉肩膀上。
「哈爾卡拉小姐，不要一個人泡澡。和吾人一起泡吧。」
「啊，又不相信我了呢！」
可以預見在浴池中睡著，等到隔天發現時已經變成一鍋濃湯的畫面。
得做好防範措施以免慘劇成真……
「哈爾卡拉小姐，魔族的土地似乎是一不小心就會造成無法挽回的遺憾之處。請提高百倍的警覺！」
「百倍……我知道了……我會小心謹慎的！」
說得這麼嚴重，即使是哈爾卡拉也會留意吧。
「還有，瓦妮雅同時也負責下廚。既然順便，就一起說明吧。」
「是的，今天準備的菜色將以雞肉為中心。」
比想像中還要普通。果然考慮到我們的需求了呢。
「由於今天進了優質的雞蛇蛋，所以想加入菜餚中。」
「咦……雞蛇可以吃嗎……？」
雖然也不能說不是雞，但是能吃嗎？在人類世界中完全沒有流通。
「萊卡？妳有吃過雞蛇嗎？」
「不，吾人完全沒有嘗過……」
「雞蛇的蛋可是極品喔。雖然殼呈現紫色，不過殼內類似雞蛋，敬請各位務必品嘗看看。附帶一提，這是經過品種改良後，沒有石化能力的雞蛇喔！」
不知道魔族怎麼去除雞蛇的石化能力，但應該與將山豬改良成家豬之類差不多吧。
「還有，也弄到了大鵬鳥的蛋喔！」
居然還有更誇張的！

「那不是大得很誇張嗎……？」

「是的。由於太大了，在搬上來之前廚師們各自取走了自己想要的部分。由於與產下優質蛋的大鵬鳥簽訂了契約，敬請各位期待喔。」

「原來與大鵬鳥訂了契約啊……」

好多文化衝擊呢……

「蔬菜也都是在亞陸勞奈栽培的一級品，非常甘甜，應該還能享受素材原本的味道。敬請期待晚餐時間吧！」

名叫瓦妮雅的女孩一臉笑咪咪。實際年齡不得而知，但笑容還留有幾分天真無邪。

亞陸勞奈好像是具備移動能力，類似植物妖精的種族吧。魔族的土地上好像住著相當多五花八門的種族。

「那麼，瓦妮雅等一下針對工作時間泡澡，寫一份悔過書交來。」

別西卜露出與瓦妮雅同樣的笑容，乾脆地表示。

「欸～！怎麼這樣……人家有確實解說，就原諒人家嘛。」

「不行。妳的行為不檢點，身為上司的小女子要負責。針對自己蹺班的行為寫悔過書。知道沒！」

沒理會沮喪消沉的瓦妮雅，我們離開浴池。畢竟我們一直待著，她也沒辦法離開。

「這麼一來，導覽就大致完成了。接著既然機會難得，去瞭望區看看吧。趁天黑前觀看比較有意思哪。」

然後，我們前往住宿房間所在的建築物三樓。

雖說是瞭望區卻並非甲板，而是普通的房間。

取而代之，所有方向都設置了像是望遠鏡的東西。

在聽說明之前，先窺視其中一副望遠鏡。

「嗚哇！真是絕景！」

以前，隔著飛機窗口見到的風景，就呈現在眼前。

山脈與城鎮看起來好小。這麼一看，國土大半面積都呈現綠色，有城鎮的範圍真的好狹窄，人類就生活在綠意盎然的自然中。

「哇啊啊啊啊！怎麼回事啊！這個！看得頭昏眼花呢！」

「哇～！夏露夏也想看看！」

「這是值得記錄的景色，稍後想記述下來。」

「原來，我們飛到這麼高的地方了啊……話說來到這麼高的地方，也沒有天國呢。」

大家歡聲鼓舞中，萊卡一個人十分冷靜。

「萊卡，妳偶爾會飛到這麼高的地方嗎？」

「在雲層下飛行有落雷的危險，這時會盡可能飛高。而且還能減少同族與剛才提到的大鵬鳥相撞的危險。」

聽到萊卡這番話，覺得龍族的常識與人類差別真大。

「說明大致上到此為止，之後還有什麼事情可以吩咐瓦妮雅，小女子在職員管理樓工作。另外，到了晚餐時間會再來。」

「嗯，謝謝妳喔。沒想到在踏上魔族土地的這段期間，款待已經開始了呢。」

受到如此無微不至的招待，即使當魔女也不常遇見。

這也難怪，村民或鎮民不論多麼努力，都沒有機會派出利維坦飛行，其實也是當然的。

「這代表妳的功績很了不起。如果只是幫助人的小事，利維坦可是不會出動的。阻止了龍族長年的抗爭，這足以在歷史上留名哪，儘管覺得自己很了不起無妨。」

讓她一個勁誇獎，總覺得有點難為情。

「我會努力在典禮上也不丟臉的。」

◇

在房間放輕鬆後，不久到了晚餐時間。

附帶一提，別西卜似乎也要一起用餐。意思是與政府高官共進的晚宴嗎？

料理盛放在附滾輪的餐車桌上，瓦妮雅推了過來。

「來，這是今天的料理喔。首先請享用以二十種蔬菜製作的沙拉！」

這一道沙拉聚集了各式各樣顏色鮮豔的蔬菜。

蔬菜呈現圖案般整齊盛放在盤中。

比起味覺，或許更接近視覺享受。

「嗚哇，從一開始就十分豪華呢。」

「沒錯，魔族的宴客料理要求從外觀上帶給賓客震撼性，尤其能顯示圖案的菜色就要如此擺盤。」

「嗯，這是模仿對人心產生作用的魔法陣哪。」

總覺得，好像聽到讓人不太開心的設定……

「即使吃進肚子裡，也絲毫不會有害。調味也不辣，可以儘管放心享用。」

味道確實不辣，但似乎加了許多香草，味道不太習慣。

「嗚……法露法，可能，有點不太行……」

© Beni

「姊姊，挑食會長不大喔。嗚……好苦……」
對孩子而言，沙拉的門檻似乎太高了。
「噢，真是可憐……瓦妮雅，趕快去準備兩個孩子能吃的東西來！」
別西卜下達命令。其實別西卜特別疼愛兩個女兒。
「知、知道了！」
瓦妮雅立刻端出炸雞肉淋上蜂蜜醬汁的料理。
一聽吩咐就能立刻對應，身為廚師的手藝應該相當高明。
「嗯，這樣就很好吃喔♪」
「美味……不管多少都吃得下……」
其實希望她們能多吃一點蔬菜，但這是宴客料理，沒關係吧。
「接下來是磨碎豆子製作的濃湯，為了消除草味而加了許多香料。」
味道喝起來的確相當複雜，十分辛辣，很有民族風料理的感覺。
「喝起來有一點麻麻的，法露法，可能不行……」
「姊姊，從剛才就有太多沒辦法接受的料理呢。嗚，這有點難以入口……」
又是孩子們不習慣的味道。
畢竟得等到長大了，才會覺得這種料理美味呢。
「瓦妮雅，快幫兩人準備別的東西！」

「可是，現在要準備湯品有點……」
「水果總該有吧。擺盤後端上來！」
「知、知道了！」
瓦妮雅再度奔跑，分切四種水果，淋上甜醬汁後端出來。
「嗯，法露法，甜蜜又幸福～」
「帶有恰到好處的酸味，應該是吃不膩的味道。」
瓦妮雅聽了「呼……太好了……」摸摸胸口鬆了口氣。
這似乎對負責下廚的人造成不小的壓力呢。真是抱歉……
「接下來是調味過的炒雞蛇蛋，以捲心菜包起來食用。啊……小孩子不喜歡捲心菜的話，請直接享用吧……」
「媽媽，可以直接吃嗎？」
「不行，這點程度要確實吃完。否則對做菜的廚師很失禮吧。」
捲心菜就要求她們要吃了。
「接下來是大鵬鳥的蛋包喔！這可是濃稠口感的絕妙滋味，敬請享用吧！」
瓦妮雅這次態度充滿自信地端上蛋包。
那就立刻嘗嘗看吧，提起蛋包我可是有獨到之見。
「這可能是人生中吃過最美味的蛋料理呢！」

味道好濃郁！而且越吃越覺得，味道變得更加濃厚！

「吾人也沒想到會有這樣的蛋包……得再好好精進學習才行……」

連萊卡也感到驚愕，畢竟蛋包是她的拿手菜呢。

「萊卡，這是當然的，畢竟素材的品質就不一樣。大鵬鳥的蛋包，價值可是普通蛋包的一千倍左右哪。」

「一千倍啊！」

這個數字讓萊卡也大受衝擊。

「所以，美味是理所當然的。不如說，這麼好的食材還做得難吃，瓦妮雅又得寫悔過書哪。」

「嗚……在別西卜大人的底下絲毫無法鬆懈呢……」

「蹺班跑去泡澡的人還敢說這種話！」

看來別西卜身為上司，在工作方面似乎相當一絲不苟。

「非常美味喔～果然，是以蛋料理為中心呢。」

接下來就是以甜點收尾嗎？感覺還不壞呢。

「不，後頭還有哪。接下來是派皮包羊肉。瓦妮雅，快端上桌！」

「好的，我現在立刻準備！」

噢，原來後頭還有啊……

之後即使不算甜點又端了五道出來，吃得好撐。

法露法與夏露夏按著吃得鼓鼓的肚子。

哈爾卡拉一邊說著「吃太多了……」並服用健胃藥草。

「謝謝妳，瓦妮雅。真是美味的款待。」

「不會不會，提供最棒的款待正是我的工作。各位能感到開心是我的榮幸。」

我覺得這位魔族十分盡責，她本人也露出卯足全力後神清氣爽的表情。

「款待客人這一部分確實能給予十足的合格分數。瓦妮雅，做得好。」

「非常感謝您，別西卜大人！」

受到稱讚後瓦妮雅笑著低頭致意。我這才發現別西卜的地位還滿高的。原來在魔族中，別西卜的地位比利維坦高啊。

「如此一來，就完成了妳大部分的工作。」

「咦，還剩下什麼工作嗎？噢，清洗碗盤之類吧。」

「不，是悔過書。」

「您還沒忘記嗎！還以為料理做得好，您已經原諒我了呢……」

「傻瓜，兩件事情怎麼能混為一談。妳得交出從文筆就流露妳的悔過，更能感動小女子的優秀悔過書才行。否則就要調降妳的評價，好好記住啊。小女子可不是在搞笑，而是說真的！」

「知道了……」

露出死魚眼的瓦妮雅跟著退下。

「妳對屬下還真嚴格呢……」

「工作時間蹺班去泡澡是她的不對。如果因此讓妳生氣的話，還會成為政治問題哪。這是理所當然的！」

別西卜在該嚴肅的地方特別嚴肅呢。

◇

當天，我們睡在豪華的大床上。

並非單人房而是很大的單一房間，因此是難得與大家睡在同一間房間的經驗。

不過，卻發生旅行特有的小問題。

大家一起就寢後過了約二十分鐘，夏露夏窸窸窣窣——

「媽媽……夏露夏，換了床就睡不著……」

原來如此。畢竟夏露夏有纖細的一面。

「要不要試著數羊呢？」

「已經嘗試過了。結果思緒跳到養羊的圖像學意義，反而更睡不了。」

只知道，她剛才好像在想複雜的事情。
好，就展現很媽媽的一面吧。
「夏露夏，那麼，要不要和媽媽一起睡呢？可以鑽進被窩裡沒關係喔。」
夏露夏聽了點點頭。
然後夏露夏緊緊摟著我睡。
人似乎只要緊緊摟住什麼，就能非常放鬆。換句話說，能睡得很好。
不過，原本以為能順利睡著，這次換法露法醒了。
「法露法感到口渴，結果就醒了……」
旅館比普通民宅的通風好太多，因此經常讓人感到口渴呢。
「咦，夏露夏，怎麼不見了。跑哪去了呢？」
「夏露夏在這裡與媽媽一起睡。」
「好過分喔！法露法也要與媽媽一起睡！」
哎，早就料到了。
「嗯，好喔。不過太大聲會吵醒別人，所以安靜一點喔。」
法露法聽了大聲地「嗯！」了一聲。
聲音讓萊卡「唔，唔～嗯……」了兩聲差點醒來，但再度進入夢鄉。還好，還好。

法露法也緊緊抱住我。雖然身為母親很高興，但問到好不好睡，卻有點難以入眠呢……

「大姊，要不要唱些歌之類呢？」

羅莎莉輕飄飄飛過來。因為她是幽靈，沒有必要睡覺。

「沒有關係，聽了可能反而會醒來……」

就在我們對話之際，換哈爾卡拉突然起身。

「口一渴馬上就醒了呢……」

在不習慣的床上睡覺，似乎果然很難睡得安穩。

「我有準備可以放鬆安眠的香，就使用那個吧。呼啊～啊……」

「啊，好主意，不錯喔！快點，快點吧！」

關於植物，找哈爾卡拉就對了。她應該有不錯的香。

哈爾卡拉倒是幫忙準備了香，但之後一臉茫然地表示「既然都醒了，趁晚上去泡個澡」，拿著毛巾離開房間。

好，這次終於可以睡了！

香的輕柔香氣舒緩了緊張。嗯，看來相當有效呢。就直接睡到早上吧……還差一步就能睡著了！

「唔～在旅館會感到口渴呢……」

這次換萊卡醒了……

大家間隔時間差醒來，根本沒辦法專心睡覺！

不過還是再度嘗試，剛才已經快要睡著了。能睡，能睡的！

結果這時候哈爾卡拉進入房間。

「哎呀～晚上泡澡真是舒服呢～和瓦妮雅一起泡呢～真是舒服的熱水呢～既然身體也變暖了，就直接鑽進被窩內睡覺吧！」

據說不論夏天或冬天，洗過澡後都很容易入睡。夏天好像因為身體的氣化熱還是什麼原理變涼而感到舒適，冬天則會暖和身體之類。

不過，僅限於泡過澡的人而已。

「真是的……哈爾卡拉進入房間的聲音，又吵醒了我……」

「不好意思！我還以為大家都已經睡著了，就掉以輕心……」

不過，身體也差不多感到疲勞了，因此我也終於進入夢鄉。

接下來只要好好睡上一覺——

「早安，媽媽！早上了喔！」

不過這次被一大早醒來的法露法叫醒。

「是嗎……其實，媽媽還想再睡一下……」

另一邊的夏露夏也窸窸窣窣扭動身子，因此放棄貪睡。

「不過，外面的太陽公公非常漂亮喔！」

法露法打開窗戶。

確實可以清楚看見日出。

從高空見到的景色，或許的確相當不錯，心情自然而然興奮起來。

萊卡也不知何時醒來。

「真好呢，連吾人也產生了感傷的氣氛。」

「機會難得，一起到瞭望區去看看吧。」

我們從瞭望居往下看。利維坦飛行在荒野中。王國的的領土不斷流逝，接下來應該即將進入魔族的領土。

一點也不殺風景，反而覺得雄偉壯麗。

「哎呀~很有觀光旅行的感覺呢，真是不錯。」

「渺小的自己在這片廣大的土地中，能感受到世界的寬廣呢。」

夏露夏發表很有自我風格的文學性感想。

「法露法，從未見這樣的景色呢，真是有趣！」

法露法則是情緒高亢地興奮不已。

「吾人也從未飛在這樣的荒野中，感覺真是不可思議。現在明白距離魔族土地有多遠了。」

「真沒想到會一直飛在空無一物的地方呢。即使沒有城鎮，照理也該有森林，有丘陵，或是某些景物之類。」

雖然比預定稍微早了點起床，但這種經驗感覺也不錯。

「大姊，要叫醒哈爾卡拉姊姊嗎？」

羅莎莉這樣問我。

「唔~或許該讓她繼續睡，但少了她又不太好，能幫我叫醒她嗎？」

哈爾卡拉一開始還睡眼惺忪，但很快便定睛凝視眼前的光景。

「怎麼樣，哈爾卡拉，感想是？」

「肚子餓了呢。」

這個回答聽得我發笑。

也對。想吃東西確實是能馳騁思緒的大事呢。

◇

之後，由於到了早餐時間，我們前往餐廳。

不過，早餐尚未準備好。咦，難道時間不對嗎？

過了一段時間後，別西卜來了。
「話說，早餐時間是現在沒錯吧？」
別西卜左顧右盼環顧四周一番，然後皺起眉頭，不知走往何處。
幾分鐘後，瓦妮雅哭喪著臉，不，是真的哭著走進來。
「對不起，對不起！我現在立刻去準備，請各位在房間稍候十分鐘就好！」
看來她睡過頭了。
「妳啊，應該知道如果再讓小女子出醜的話，會有什麼後果吧？」
「請、請饒命……」
魔族真的生氣的話，感覺會處刑之類，好可怕……
希望不要疼痛或是流血的懲罰……
「這非得罰她減俸半年才行哪。」
聽起來理性多了。可是，依然是相當嚴重的懲罰。
「拜託千萬不要……今年買了不錯的家具，手頭實在很緊……」
「有時間與小女子討價還價，怎麼還不快去準備！皮繃緊一點工作！」
「好、好的……非常抱歉……」
雖說是瓦妮雅的過失，但感覺有點可憐。
「我們人數也不少，要不要幫忙？搬搬餐具之類還可以。」

「不行。」

別西卜立刻回絕。

「妳可是魔族正在招待的客人，讓客人幫忙備餐這種事情萬一傳出去，不只是小女子的恥辱，而是魔族全體的恥辱。因此絕對不能讓妳們幫忙。」

原來如此，是面子的問題嗎？

「附帶一提，如果妳們要的話，可以削下瓦妮雅的角給妳們。」

「呃，這倒不用了，不用了！她似乎也在反省了！」

「知道了。總之希望妳們再等一下。小女子也去幫忙準備早餐……」

然後別西卜也前往調理場所，看到兩個魔族異樣地焦急雖然過意不去，但她既然已經再三告誡不可以幫忙，那就沒辦法。乾脆睡回籠覺吧。

「總覺得，有不好的預感呢……」

哈爾卡拉似乎想起了什麼。

「什麼意思？」

「昨晚去泡澡的時候，瓦妮雅也在浴池。當時我問她這麼晚來泡，早上醒得來嗎？不是還要準備嗎，結果她一口斷定『我才不會睡過頭呢！儘管放心吧！』當時我就覺得可能會出問題……」

看來魔族也有像哈爾卡拉這種糊塗蟲呢。

而我可以睡回籠覺，倒是很感激。

早餐是以葉子捲烤雞肉。昨天也端出過捲心菜包裹的料理，難道魔族喜歡這種吃法嗎？

「真是美味呢。萊卡，這道菜在家裡也試試看吧。除了肉使用了好像祕傳醬汁以外，應該能順利重現。」

「也對，那就試試看吧。」

兩個女兒似乎也讚不絕口，不斷誇獎好吃，得知這道菜色不錯。

不過，只有哈爾卡拉表示「這是很美味，不過肉是不是有點太辣了呢……」

「那是小女子負責調理的肉。光靠瓦妮雅時間來不及，所以小女子也幫忙。」

「別西卜小姐負責的區域，味道有明顯不同……」

原來不是魔族喜歡辣的東西，只是別西卜喜歡辣的而已……

用餐結束後，向賭場借來卡牌遊戲，全家人一起玩。也就是只要不賭錢就很安全。遊戲本身種類繁多，所以玩不膩。

然後，終於接近了魔族的土地——別西卜告訴我們。

「可以再從瞭望區觀賞，十分有趣哪。」

確實是相當驚人的光景。

進入魔族領地之處有一道牆壁，但牆壁厚得相當誇張，既高聳，又綿長。

這究竟耗費了多少時間建築呢。

「過去的魔族似乎真的很害怕被人類滅亡。對策就是盡可能打造堅固的城牆，老實說根本就是浪費時間哪。由於人類根本不可能攻打近來，因此只留下城牆。」

看起來很像萬里長城的加強版。

城牆後方也不時能看到魔族的聚落之類。不知道從這裡還有多久才到目的地，但是理論上接近了終點沒錯。

之後大約過了一個小時，「船」的高度開始緩緩下降。

「現在準備降落。由於利維坦無法在都市部分降落，因此等一下要請各位改搭馬車。」

這一部分，與機場的設計一樣呢。

我們從郊外的「機場」坐上馬車，終於要前往魔族的王城。首都的名稱好像叫做范澤爾德，是巨大的城堡都市。

城堡內有各式各樣的魔族。

多數人都像別西卜一樣頭上長角，其中也有像是兩隻腳走路的獸族，以及像是獸人的種族，或是一隻眼睛的人。

「所謂魔族就像是各種種族的集合體。聽到魔族這個名稱，無法準確想像到容貌。還有，太接近野獸的或像是史萊姆的無法生活在都市中，到最後，會當成野生動物對待。」

「原來如此。畢竟，史萊姆不會跑進店裡說我要買麵包呢，更何況它們吃不吃麵包還是個謎。」

街景與人類的都市沒什麼太大的差別，街上也以石板整齊鋪裝。

「接下來要進入范澤爾德城。嚴格來說，這裡也已經算是城內。」

「城堡都市就是這樣呢，城下町也算是城堡的內部。」

日本幾乎不存在城堡都市，因此城堡位於城市正中央或丘陵上的印象較為強烈。

「首先，讓妳們與魔王見面。典禮是明天舉行，之後可以在街上逛逛。」

別西卜輕描淡寫，說出不得了的詞。

剛才，她是不是說了魔王？

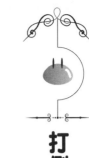

「咦，魔王？」

聽別西卜這麼一說，我忍不住反問。

一聽到有可能見到這麼可怕的對象，讓人嚇得魂飛魄散。

「當然，勳章是由國家元首頒發的。魔王大人出面是當然的。放心吧，魔王是內心相當溫柔的人。」

「魔、魔王……該怎麼辦……」

一聽到魔王這個詞，哈爾卡拉顯然因為炎熱以外的理由開始冒汗。

「萬一有哪裡不小心，會沒命的……被剝皮後丟進火裡……」

「才不會這樣！妳要是侮辱魔王，小心要丟進火中喔！」

結果還是要丟嘛！

可是，的確無法否認哈爾卡拉有可能出包，惹魔王生氣。

「哈爾卡拉，可要舉止得體啊。或許少喝點酒比較好。畢竟妳有可能當著魔王大人的面嘔吐……」

之前她甚至差點吐在幫忙照顧自己的別西卜背上。

「知道了……我會表現自己教養良好的一面……每一句話的語尾都會加上『親愛的魔王大人』的。」

「聽起來好噁心，別鬧了。」

一聽到魔王，萊卡也略為挺直腰桿，大家似乎都十分緊張。連見國王的面都會緊張了，更別說是魔王。這樣還能保持平常心才奇怪。

「怎麼了，大家的表情都好微妙。魔王大人是非常友善的，只要維持平常的態度即可。」

即使她這麼說，但也有對自己人很友善，對外人十分冷淡，類似村落社會的人，因此不可大意。

「其實，魔王大人真的很溫和。魔族中或許也有人性情暴戾，但只要魔王大人在場就不會有問題。」

雖然別西卜再三保證，但我們畢竟踏上未知的土地，還是有一點皮皮挫。

就在如此醞釀的氣氛中，我們走下馬車進入城內。是堅固的石造建築物。

不過，城內的結構相當複雜。

走出城堡外一次，再度從不同之處進入，又進入地下，然後再爬上階梯……怎麼回事啊……

「為什麼，會這麼像迷宮呢……？」

「讓敵人即使攻進來也會迷路，然後趁機殲滅。是以前遺留下來的。」

該說這一點，很有魔族風格嗎……

「當初並未設想大軍會抵達此城。概念是只要讓敵軍迷路，就一定能加以擊敗。」

就這樣，我們總共走了大約兩公里。體力上沒有問題，但實在很累人。

然後就在緊張感逐漸放鬆的時候。

「各位，魔王大人就在前面。」

再度挺直腰桿。

「終於來了嗎……彬彬有禮，彬彬有禮……」

如果說太多，可能會露出馬腳，因此盡可能沉默吧。這樣應該也能蒙混過關。

「這個，不好意思……我哈爾卡拉的肚子開始痛起來了。」

哈爾卡拉戰戰兢兢舉起手。

「妳還真的使出裝病這一招呢。」

完全被別西卜識破了。

「儘管放心吧。魔王大人連妳也會赦免的。來，跟著來吧！」

別西卜拉著哈爾卡拉走。

再怎麼說，哈爾卡拉都已經意識到要小心謹慎了，應該不會引發問題吧。

終於，進入魔王大廳。

「歡迎來到魔族之城，范澤爾德城。」

進入後突然從一旁傳來聲音。

是頭的兩側長著漂亮羊角般的人，外表年齡像是高中女生，當然終究只是外表年齡。

「啊，您好。這一次承蒙您的招待，備感榮幸。」

「能見到您也是我的榮幸。您就是魔女亞梓莎小姐吧？」

「是的，沒錯。」

「哇～！是本尊呢～！請和我握手！」

對方緊緊握住我的手。情緒似乎相當興奮，身後的尾巴也在動。而且還分成三條，動作十分獨特。

由於我停下腳步，隊伍也跟著停下來。

「師傅大人，在這裡聊太久的話，不是會讓魔王大人久等嗎……？萬一每遲到一分鐘就增加穿刺的椿子數量可就麻煩了。」

哈爾卡拉十分徹底，留意在魔王心目中的好感度。

「啊，你就是精靈哈爾卡拉小姐吧！『營養酒』真的很好喝呢！請和我握手吧！」

© Benio

這次換女孩與哈爾卡拉握手。她看起來個性十分坦率。

「好痛好痛……握力太強了吧……」

「啊，對不起。力量調節有問題……來，回復魔法。」

女孩迅速在哈爾卡拉身上施放回復魔法的光，還真是機靈呢。

「真是謝謝妳。這個……不好意思，能不能放開我了呢？還得向魔王大人打招呼呢。萬一魔王大人下令『將精靈推出去斬首』的話就慘了……」

「欸～魔王不會說這麼過分的事情啦。」

「哎呀～可是畢竟與我們精靈的價值觀不一樣呢。即使說魔王大人體貼，話也只能聽一半。正因如此，我打算偽裝自己，端莊穩重又完美地應對。講得難聽一點，就是欺騙魔王大人。」

「要欺騙魔王嗎？」

「當然沒有惡意啦。不過，人際關係最重要的就是這種禮儀的部分，又不能從一開始就顯露本性呢。」

「拜託，哈爾卡拉……在這裡的人也是魔王大人的親信吧……怎麼能說蒙混或欺騙這種話呢……」

哈爾卡拉就是在這種地方掉以輕心，疏忽大意。

「噢，對喔。不好意思，千萬要幫忙向魔王大人保密喔。這樣的話，我就送妳三箱『營養酒』。」

哈爾卡拉瞄了一眼前方的王座。

可是，我也從這時才頭一次注意到——王座空蕩蕩。

嗯、嗯嗯嗯……這是怎麼回事……

「這個……別西卜，魔王大人怎麼不在呢。」

「不就在妳們的眼前嗎？」

果然是這樣沒錯……

撩起洋裝的裙襬兩端，長著羊角的少女恭敬地一敬禮。

「我是魔王普羅瓦托・佩克菈・埃莉耶思。由於不喜歡高高在上打招呼，因此才走下來。」

果然沒錯～這女孩就是魔王大人～

再度環顧四周後發現，除了別西卜以外的魔族幾乎都跪著。

「我、闖下、大禍了……」

哈爾卡拉全身發白。

然後，當場跪了下去。

應該說，她的動作根本就接近日本的下跪姿勢！

「魔王大人，非常對不起！什麼欺騙啦蒙混啦，那些全都是文字遊戲！真的真的真的！請相信我吧！」

剛才說了很沒禮貌的話呢……麻煩大了啊……

「咦～哈爾卡拉姊姊，之前不是明明說要裝病，難道肚子真的痛到跪下去了嗎？」

「俗話說病由心生。心中想著裝病，有可能會實際引發腹痛。」

法露法與夏露夏，妳們這兩句話，只是在補刀而已喔。

「到頭來，都已經來到這裡，就別再說了嘛……」

「哎呀呀，原來妳還想到了這些啊～」

魔王臉上依然掛著笑容，但這反而可怕。

「這個……終究只是擔心失禮而已……普羅托．哈可娜．埃里亞思大人……」

「妳啊，魔王大人的尊名是普羅瓦托．佩克菈．埃莉耶思才對……」

別西卜一臉無奈。

哈爾卡拉現在進退兩難。總覺得，好像青蛙喔。

「亞梓莎大人，失禮的舉動正迅速累積，這樣好嗎？」

在後方目睹一切的萊卡似乎也相當提心吊膽。

無法否定合併成連續技的可能性……

魔王蹲了下去，拍了拍哈爾卡拉的肩膀。

「快起來吧。妳並不是我的家臣，所以不需要這麼低頭謙卑喔。」

太好了，似乎受到了魔王的原諒。
「在我有生之年，是不會加害各位的。」
「是、是的！明白了！」
這次哈爾卡拉像軍人一樣猛然抬起頭來。
叩！
結果腦袋不偏不倚，狠狠直擊魔王的下顎部分。
似乎完全沒有防備偷襲，魔王當場仰面朝天倒地。
「好痛好痛……不好意思，我剛才沒看上面……咦，魔王大人？您怎麼倒在地上呢……？哎呀…………？這、這是開玩笑的吧……？」
沒有人能回答哈爾卡拉的問題。
寂靜無聲……
氣氛完美地結冰。
對魔王使出完美的一擊……
「魔王大人，請振作一點啊！啊，失去、失去意識了！」
看來，造成了腦震盪呢。
畢竟大腦一晃動，不論多麼強的人都會暈過去呢……
萊卡比哈爾卡拉先全身發抖。

「哈爾卡拉小姐，妳真是的……這次真的沒辦法開玩笑……」

哈爾卡拉沒有反應。

她筆直站著暈了過去。內心似乎拒絕了思考。

察覺異狀的魔族們頓時騷動。

「魔王大人暈倒了！」「快送魔王大人去醫務室！」「怎麼會發生這樣的事！」

羅莎莉則說出「靈魂好像快要出竅了。糟糕……萬一不小心跑出來就回不去了……」這種很幽靈的感想。

「萊卡……我說，這是不是非常不妙啊……？哈爾卡拉會怎麼樣呢……？」

萊卡沉默了一會兒，但不知為何搖了搖頭。

「什、什麼意思啊？也未免太不吉利了吧……」

夏露夏拉了拉我的衣襬。

「雖然沒有詳細確認過魔族法典，但即使是人類的法律，加害王族的人一般都會遭到處刑……沒辦法找理由開脫……」

「呃，可是，剛才那樣，這個，不是故意而是過失……總能博取同情吧？」

「不只哈爾卡拉小姐，夏露夏等人和大家可能都會遭到處刑……她剛才闖下的禍就是這麼嚴重……」

「嗚哇～！法露法不想死啦～！」

法露法哭了出來。
這該不會是亞梓莎一家最大的危機吧……？
對了，問問看別西卜吧！
如此一來，她應該會教我們脫困之道！
連救命稻草的別西卜都臉色發青。
「早知道會這樣，當初就應該讓她裝病才對……法律上哈爾卡拉確實死定了。這可不是惹火州知事這麼簡單而已。從未有保住一命的前例……」
「能、能不能法外開恩……」
別西卜在我耳邊竊竊私語。
「總之妳們先按兵不動。只要別抵抗，哈爾卡拉以外的人在形式上會視為客人迎進房間。不過外頭會嚴加戒備。畢竟即使有共犯的嫌疑，也不能立刻將賓客關入大牢，所以會採取軟禁的措施。」
「到這裡我都知道。」
「然後要救哈爾卡拉的方法，只有一種。」
「究竟是什麼？」
既然有可能性，就見到了一絲曙光。
「只有魔王大人具備能阻止、顛覆法律的權限，而魔王大人現在失去意識。再這樣下去會依照法律，判哈爾卡拉有罪。會遭到穿刺後處以火刑，還有多半，連她的故鄉，精靈村落在最壞的情況下都會遭到毀滅。」

「不用說得那麼具體啦……不過，我大概知道要做什麼了。」

換句話說，只要魔王親口下令停止處刑就行了。

「意思是要讓魔王恢復意識吧？」

別西卜緩緩點了點頭。

「若是人類，只要稍微搖晃就有可能清醒，但長壽的魔族可能會失去意識長達幾天。這樣就太慢了。必須不惜動用強硬手段也要喚醒魔王大人。」

「嗯，我知道了。」

「不過，妳們不能公然離開房間，否則妳們也會被懷疑是共犯。總之，要維持還在房間裡的狀態，想辦法解決。」

「我、我知道了……」

因為沒有其他的選項。

「大約有多少時間？」

「由於以現行犯逮捕……時間不多了。小心即使哈爾卡拉明天早上就遭處刑也不足為奇。若魔王大人恢復清醒倒還好，但完全不知她何時會醒來。」

這時候壯碩的男性魔族前來。

手中拿著像是刺又（註1）的東西。
「她就是犯人，帶她走！」
他們將哈爾卡拉帶往不知何方。
另外有其他魔族也來到我們面前。
「總之，先帶領各位前往房間。保險起見，請不要離開房間。」
「好的，麻煩妳了。」
當然我才不會傻傻待在房間裡。
一定會脫離這個危機。

◇

除了哈爾卡拉以外，我們都在帶領下進入來賓用的房間。
房間大得可以讓所有人住宿。利維坦身上的房間也是一樣，看來魔族的文化似乎是在大房間裡一起睡。
「不好意思，明天之前請避免外出。房間內有洗手間與浴室。時間到了會為各位

註1 封住對方行動的武具。

端上餐點之類。」

魔族表面上禮貌地叮囑，其實就是叫我們別出去。

不過值得慶幸的，是魔族軟禁我們。

由於沒有隨時監視我們，因此方法多的是。

沒錯，多的是。

「那麼——雖然情況的發展非常不妙，但該做的事情已經決定了。」

我叫大家坐在座位上，告訴大家。

「那位魔王本身是明辨事理的人，我也不認為那一擊足以要她的命。所以，我想製作清醒藥，讓魔王恢復意識。比起現在創作回復系魔法，這種方法能更縮短時間。」

「亞梓莎大人，就算之後再考慮該怎麼將清醒藥帶過去，可是現在要如何製作呢？這裡是密室，看守又在房間前與走廊上牢牢監視……」

我指了指萊卡的臉更後方之處。

萊卡回過頭一瞧，才會過意來。

「從窗戶前往外頭，尋找能成為藥物材料的藥草——是這個意思吧。」

「就是這個意思。」

我站起身來，隔著窗戶往外頭，尤其是下方一望。另外，這裡好像是四樓。

「這裡沒有看守，會飛就能逃出去，然後採摘可能成為藥物材料的藥草。只要幫忙將能找到的植物帶回來，就從其中挑選可使用的種類。」

「不過，大姊，植物有這麼隨處可見嗎？附近幾乎都是石板，連雜草都沒有呢……」

「羅莎莉，去找找看吧。」

「咦？」

「首先偵查外頭。這裡是魔族的根據地吧。這麼一來，城堡附近有農地或藥圃的機率很高。因為這是圍城戰中必須的設施。即使沒有，也總該有庭園，庭園裡很可能栽培各式各樣的植物。」

即使是日本的城堡，現在都有不少會併設植物園。雖然可能是明治時期以後才開設，但諸侯利用寬廣的土地，種植各種植物並不足為奇。

「知道了！為了哈爾卡拉大姊，我出發囉！」

羅莎莉穿過牆壁來到外頭。

祈禱真的有植物園吧。至於這段期間內，我該做什麼呢——

打開門一瞧，果然有負責看守的魔族。

「不好意思~我們想服用水溶性藥物，請給我們杯子與湯匙。」

「雖然房間內也備有杯子。不過，與藥物使用同一個杯子也不太好，能不能與湯匙和水一起端來給我們呢。」

看守雖然表情冷淡，但還是接受我們的要求。

此外，湯匙與杯子是調配藥品時使用。

然後，在湯匙送來之前羅莎莉就回來了，比想像中還快。

「大姊，妳的判斷很準確。城堡內有栽培了各種植物的園區喔！」

「好，那麼，我去去就回！」

「亞梓莎大人，這就由吾人去吧。」

萊卡冷靜阻止了我。

「如果，拿湯匙來的人認為亞梓莎大人不在房間裡，會變得有點麻煩。」

「是沒錯……可是，萊卡這副模樣能飛行嗎？」

「吾人還能變身成這樣。」

然後萊卡的身體變成與人類相仿的嬌小龍型。

「雖然這麼說可能有些不恰當，但、但是好可愛！」

這是什麼啊!?做為寵物有可能大受歡迎的外型呢！

「原本就是將巨大的龍族身軀，變成嬌小的人類生活，自然也能變成嬌小的龍型。由於這種變化幾乎沒有必要，因此不是很習慣……」

不如說，希望她以這種模樣生活，但這麼說有點失禮。

「這麼一來，就能偷偷去採摘藥草了呢。拜託囉，萊卡！」

在萊卡飛出去的期間內，我從看守的魔族手上接過湯匙與杯子，以及裝了水的水壺。

不夠的部分就以房間內備有的茶具應急吧。

無事可做的法露法與夏露夏，閉起眼睛不斷祈禱。

連這麼小的孩子都在祈禱，拜託老天爺幫幫忙吧。

過了一段時間後，小龍型態的萊卡懷抱植物從窗戶進入室內。

「這樣夠嗎？純論種類的話倒是有很多！」

「做得好啊！萊卡！」

植物與看慣的在地品種差異相當大。畢竟氣候相差極大，沒辦法。

不過還是有幾種可能是近親的植物，應該不會沒辦法。

「這種接近薊科吧。還有，這應該是菊科的。好，有希望。」

我將幾種植物使勁搗碎，有些則以火炎烤乾。

「請問，亞梓莎大人……這有藥用效果嗎？」

由於萊卡是我的徒弟，似乎從挑選植物察覺到了不對勁。

「沒有喔。只是刺激性很強，非常苦澀而已。」

「咦……？」

「生物會將苦澀的物質當成毒物。應該說，萬一認為毒物很美味，就會一直吃毒物而中毒死亡。雖然有不少例外，不過基本上，感覺美味又甘甜的是安全並且維生的必要食物，感到苦澀的則是不能吃的東西。」

雖然人類變得奢侈，進入能吃到許多甜食的時代後，這方面的味覺感覺方式也產生了改變，像是覺得苦澀的啤酒或苦澀的魚肝美味的人。

不過，從生物的法則來看，算是輕微的異常。小孩子喜歡甜的蛋糕才是原本的法則。

深究此一基本原理的話——

「苦澀的東西一進入嘴裡，就會本能地試圖將苦物吐出來，或是表示排斥。這樣就會清醒——應該吧。」

拜託，一定要順利啊。

調配藥物本身倒沒有花多少時間。

杯子裡已經裝滿光看就覺得好苦，呈現綠色的黏糊糊液體。

「只要將這個放進嘴裡，就會苦到醒過來。」

這種懲罰遊戲，在電視等媒體經常見過呢，像是讓人喝苦澀到不行的茶。

由於太吵鬧會引發懷疑，因此法露法並未出聲，以動作表示「太棒了～完成啦～」

「好啦，接下來就是該如何將這東西送到魔王的寢室……」

夏露夏詢問「知道所在位置嗎？」

「老實說完全沒有提示。既然暈倒了，是否在寢室也很可疑。或許在專門治療的場所……」

「大姊，我可以穿過牆壁！也可以查出場所喔！」

羅莎莉將手置於胸前，強調自己的幹勁。

說合適的話，她確實十分適合這個任務——

「就像別西卜能看見妳一樣，魔族很有可能以肉眼看得見妳。況且妳又沒有隱密技能……萬一被發現的話……」

剛才是在外面，跑出去很容易，但要探索城堡內部，被看守抓包的危險也提高許多。

「不好意思，由於這關係到哈爾卡拉的性命，我想採取更確實的方法。如果失敗的話，將責任推給羅莎莉妳也過意不去。」

「我知道了……也是啦……畢竟，我只是個太妹幽靈呢……」

羅莎莉的好意就心領了。話雖如此，再這樣下去依然沒有突破的策略。

——這時候，窗戶傳來嘎啦嘎啦的開啟聲。

啊，窗戶剛才沒有關緊！難道剛才偷溜出去穿幫了嗎？可是，如果要追究的話，應該從門口而不是從窗戶進來吧……？

「還好，窗戶開著……」

從窗戶進入室內的，是別西卜的部下瓦妮雅。

「妳怎麼會在這裡⁉」

「別西卜大人吩咐，要我將這個東西帶來……是范澤爾德城的相關設施結構圖。畢竟整體圖像為軍事機密，連資料都沒有，也不確定是否有人掌握……」

可能是因為作戰內容提心吊膽，瓦妮雅摸了摸胸口。

瓦妮雅取出的，毫無疑問就是平面圖。

「魔王大人目前在其中二樓別棟的救護室內。只要能叫醒魔王，事情應該會有轉機──別西卜大人是這麼說的。」

「謝謝妳！得到了非常珍貴的情報呢！」

這時候，站在房間前方的看守打開門。

幾乎同一時間，萊卡將瓦妮雅塞進有廁所與浴室的門內。

「怎麼聽到房間裡傳來騷動呢。」

「啊，抱歉喔。因為有小孩子在，所以比較吵一點……」

夏露夏硬是勉強自己表演小孩子「城堡好雄偉喔～風光明媚又饒富趣味呢～」的嬉鬧。演得一點也不像小孩，看起來好可疑。

法露法拉著夏露夏，在房間不斷來回跑來跑去。
「哇～！好寬廣喔！夏露夏也一起跑吧！」
「好吧，這裡的建築結構沒有薄弱到會吵到底下的樓層，請隨意玩耍。」
接受解釋的看守關上了門。好險，好險……
瓦妮雅摀著頭表示「撞到額頭了……」並從房間走出來。
該說這女孩也算是辛苦人呢，還是接近哈爾卡拉的類型呢。
「有平面圖真的很感激，問題在於怎麼從這裡過去。」
肯定沒有人能接近意識不清的魔王靜養的醫務室內。
「是有變身魔法……但如果有識破魔法的魔族就糟了……大概瞞不過高等魔族吧……」
「關於這一點，別西卜大人也傳授了一項計策。」
「真的嗎!?那真是太感謝了！」
又欠別西卜一個人情了呢。
如果她打算出馬競選的話，可得去幫她演講造勢才行。
瓦妮雅拿出有兩隻角的髮箍。
還有，假的尾巴。
「裝上這些假扮成魔——這個，高原魔女大人，表情好可怕……」

「這種活像鷩腳話劇的小道具怎麼可能瞞過魔族啊！認真一點好不好！」
這可是攸關哈爾卡拉的生死啊。
「不，是認真的……角和尾巴都採用野生動物的材質，光看是分不出冒牌貨的……只要併用風帽等遮住髮箍的部分，就有機會蒙混過關。」
「那尾巴怎麼辦？」
「我帶來了屁股開孔的魔族用服裝。」
唔……雖然不太情願，可是沒辦法……穿上去比較不會穿幫。
「請穿上這套衣服，宣稱是醫師前往魔王大人身邊。我瓦妮雅會負責幫忙帶路。其、其實我不太願意這麼做，但這是別西卜大人的命令……」
瓦妮雅似乎聯想到消極的結果，露出憂鬱的表情。
「萬一穿幫的話，妳可能也會沒命呢。」
「為什麼偏偏在這麼關鍵的時候呢，真是謎啊……」
這是因為哈爾卡拉的關係。不好意思。
「我打算靠近到能接近魔王的地點，辦得到嗎？」
「是的，由於魔王暈倒是緊急事態，諸位家臣雖然安排了醫師，但有可能無法詳細查證。只要說是醫師，應該就能接近到不遠之處……應該說，希望能接近……」
雖然不知道能否成功，但試著盡一切努力吧。

「我知道了。瓦妮雅，負責帶路吧。」
「好的，我知道了。從窗外離開房間，假冒醫師身分以魔王大人的身邊為目標。」
然後，還得向留在房間裡的眾人下達指示。
「萊卡，如果敵人攻進來，就帶兩個女兒逃到外頭去。我不打算束手就擒，一定會在某處重逢的。」
「好的。不論發生任何事情，吾人都會保護兩人。」
萊卡表情凜然地回答。
「羅莎莉也和萊卡一起逃跑。或者活用身為幽靈的特點，逃到魔族找不到的地方。」
「我可以躲在牆壁裡，這樣應該連魔族也找不到吧。」
原來如此，若不是有透視能力，就找不到了。
「那麼，祈禱大家幸運，也祈禱我幸運囉！」

◇

我變裝後，與瓦妮雅一同從窗戶脫逃。
「那麼，現在就朝魔王大人的所在地前進。醫師的身分設定，請不要忘記喔。」

「放心吧，妳還給了我醫療用具呢。」

除了醫師袍以外，她還幫我準備裝了藥的木盒。清醒藥倒進木盒內的玻璃瓶中，再蓋上蓋子。別西卜準備得真是周到。

隨著接近魔王所在的樓房，受到好幾次盤問。不過瓦妮雅秀出類似職員證的證件表示「我是別西卜的部下，瓦妮雅。依照別西卜大的命令帶醫生來。」就順利放行了。

瓦妮雅與別西卜毫無疑問都是魔族的職員，出乎意料地並未受到懷疑。

況且明明已經找了真正的醫生，如果不放行的話有可能受到懲處，因此只能照辦。

只要繼續下去，強行闖關到最後就是我們獲勝。

終於抵達魔王所在的樓房。

入口的盤問也通過，走上了二樓。

大批疑似幹部的魔族擠在門口，還看到別西卜的身影。

「唔，這些人是誰啊？」

似乎是幹部，魁梧的魔族男性主動開口。

「我是別西卜的部下，瓦妮雅。我帶醫師來了……」

由於對方不是泛泛之輩，瓦妮雅有些顫抖。

「醫師？沒確認過別西卜找什麼醫師來喔，好像不太對勁。」
啊，這下麻煩了……
別西卜似乎也並未事先通知到此處，一直低著頭。
「我們是來診治魔王大人的，能不能先讓我們通過呢……？」
瓦妮雅勉強擠出聲音試圖度過難關。
她的膽量比想像中大呢。
「診治魔王大人的醫師名字全列在清單上了。妳叫什麼名字？」
哇咧……這我哪知道啊……
「頭上的醫師角看起來也很可疑。該不會是假的吧？讓我確認一下。」
看來該面對的還是躲不過呢。
反正，我本來就沒打算躲過，當然也更不打算撤退！
「真沒辦法呢！」
我摘下風帽，扯下附有角的髮箍。
「我是高原魔女亞梓莎！為了喚醒魔王而帶藥來！我現在馬上讓魔王清醒，快點讓開！」
畢竟我是來救人的，沒有必要遮遮掩掩。
「哪有像妳這麼可疑的！所有人，給我抓住她們！」

我當然不能束手就擒。
因此立刻接近疑似牛魔王，長著大角的魔族男性——以物理攻擊。
咚叩！
魔族男性一瞬間呈現く字型，彎下腰去。一般而言，這樣足以擊倒對方——
「可惡……這個人類，是什麼來頭……？」
但他甚至沒有暈過去，魔族幹部全都是大咖呢。
當然，現在佩服這一點也無濟於事。
這次使出迴旋踢！以手刀招呼他之後再一次迴旋踢！
接二連三使出攻擊，魔族男性完全陷入防禦。
現在是好機會，我接近後給他一拳！
男性似乎終於暈了過去，只見他流出鼻血，癱倒在地上。
稍微休息吧。礙事的藥盒我放在地板上，確認情況。
敵人大約有十名。瓦妮雅倒是輕易束手就擒。她不是利維坦嗎……別西卜裝傻表示「小女子什麼都不知道，不知道！」吸引了約兩名質問者的注意。
但距離魔王的房間還有五人左右。
很好，看我的吧。
「讓我到魔王的身邊去！」

我大跨步走向保護魔王的眾人。

「所有人，給我死守！使用魔法沒關係！」

配合其他幹部的號令，一起發射冰刃與鎌鼬魔法。

攻擊讓我的衣服破損，還受了一點傷。

不過，僅止於此。

「什麼啊，就這點程度嗎？就像被蚊子叮一樣呢。」

看得出眾人感到一陣戰慄。

這點程度是擋不住等級九十九的。

「若是敢妨礙我，就擊倒你們所有人！」

我高速移動——出現在敵人正前方。

「哈囉，由於個人因素，乖乖暈過去吧。」

然後拳頭二連發！再踹一腳！

接著使出瞬間移動的魔法。

出現在其他人的背後，連續拳擊！

「不知道敵人會從哪裡冒出來！」「破壞力太強了！」「哪個人快施放回復魔法！」

魔族頓時慌了手腳。就這樣上吧。

我再度出現在魔族後方，這次使出一記跳踢！

猛然踹飛一個魔族。

再朝一旁的傢伙使出一拳！完美命中下巴！

順便從背後朝抓住瓦妮雅的傢伙後腦杓一踹！對方當場倒在地上。

「幸好得救了，不過亞梓莎小姐，請問您現在的狀態是……」

「其實就是等級九十九的狀態啦。」

剩下的敵人也以相同方式揍一頓。

對方沒有方法能阻止瞬間移動後的肉搏戰術。果然持續提升等級才是通往最強的捷徑。

保護魔王房間的士兵也連人帶鎧甲擊倒。

最後，除了別西卜以外，全都躺平。

「真、真沒想到妳這麼強哪……」

連別西卜都嚇得腳軟。

「如果妳拿出真本事，一個人就足以毀滅整個國家……」

「好像鬧得有點太過火了呢……不過，這樣就能充分照顧魔王了。」

我拿起藥盒，進入魔王所在的房間內。

◇

魔王普羅瓦托・佩克菈・埃莉耶思正睡在附有蓬蓋的大床被窩內。
好，只要將清醒藥倒進她的嘴裡，應該就有機會了。
我將藥湊近魔王的嘴邊。因為必須打開她的嘴，得輕輕碰觸她的臉才行——
這一瞬間，魔王睜開眼睛——朝我使出一記頭搥。
叩！
來不及躲避的我，腦袋受到傷害……
好痛……不過我防禦力也很高，其實沒受什麼傷。
「由於感覺到心懷不軌的人接近，才本能地醒來。」
魔王已經從床上起身。
是嗎，即使沒有意識也能感應到敵人啊。不愧是魔王。
……………等一下。
被魔王認定是敵人的話，不是相當麻煩嗎……
「這個，魔王大人，我並不是來擊敗您的……」
「高原魔女亞梓莎小姐，和我一決勝負吧。」
魔王不知從何處拔出一支大劍。

這下慘了……

「魔王大人，我只是為了喚醒您才帶清醒藥來的，絕對沒有襲擊您的意圖。」

「不過，那瓶綠色的藥，看起來就像毒藥呢。」

老實說，看起來確實很像毒藥，連我也不想喝下去。

「只是會讓人這麼想而已。喝下後應該會想喊『啊～好難喝！不過，再來一杯！』吧！」

「誰會相信啊！如果這麼希望我相信妳，就與我普羅瓦托・佩克菈・埃莉耶思一決勝負，證明自己的清白吧！」

「這、這要怎麼證明呢……」

「很簡單。如果妳的目的是危害我的安危，就不能放我一條生路。可是，如果妳真正的目的是幫助我，那麼即使妳贏了也不會殺死我。」

原來如此，其實也不是不能理解——

「這不就代表，我必須壓倒性獲勝才能成立嗎……？」

「如果，妳有個什麼三長兩短，到時候再說。這樣只會留下我擊退暗殺者的事實而已。」

魔王輕描淡寫說出無情的話。

要不戰而逃也並非不行，但一旦逃跑就會完全失去辯解的機會，甚至可能爆發全面戰爭，別西卜與瓦妮雅也有可能遭到處刑。

知道了。我在心中得到結論。

現在只能以拳交心了。

我在一次，回想起自己的狀態

亞梓莎
職業：魔女
等級 99
體力：533
攻擊力：468
防禦力：580
魔力：867
敏捷：841
智力：953
© Benio
魔法
瞬間移動，空中飄浮，火炎，龍捲，鑑定道具，地震，冰雪，雷擊，支配精神，解咒，解毒，反彈魔法，吸收瑪納，理解語言，變身，創作魔法
特殊能力等
草藥相關知識，憑藉魔女之力長生不老，增加獲得的經驗值
獲得經驗值
10854486

攻擊力468，防禦力580，體力533。肉搏戰應該完全不是問題！

「來啊，高原魔女，妳的力量，就讓我親眼見證吧！」

我使勁一蹬地板，衝向魔王。

魔王手中的大劍高速橫掃過來。

轟——！光是這樣就產生近似暴風的聲音！

「危險！」我改變動作暫先躲過大劍！

「哎呀，居然能躲過剛才那一劍……敏捷度真是驚人啊。」

魔王露出不解的表情。

不愧是魔王，她的能力肯定很高。若是之前的敵人，我可以躲開劍之後再輕易揍她。雖然也在意揍她究竟會不會出事。

我再一次接近魔王，但大劍還是很危險。

魔王高速揮舞大劍，看來學過劍術之類。

其實也不是不能靠近，但我不想孤注一擲，也不應該賭命。我絕對不能輸，畢竟我肩負許多人的性命。

敵人不愧有魔王的名號，實力相當強大。一旦被她的劍閃到，幾乎任何對手都會立刻沒命。

當然，我才不會這麼輕易中劍。我的敏捷有８４１。假設這個世界的狀態最大值為９９９，那我應該很接近上限。

所以，我哪會那麼輕易受到傷害。

我不斷閃避。

「真是的！一直東躲西逃！以為砍得中卻又沒砍中！」

那妳就錯了，魔王。我並非運氣好千鈞一髮躲過，而是從容到能以毫釐之差躲過。

不過，比起對手，我有更多不想失去的事物。

「如果拖太久的話，精靈小姐可是會性命不保喔。」

暫時拉開距離的魔王出言挑釁。

當然，她這句挑釁完全錯了。

因為這句話點燃了我心中的火炎。

「趕快上前來啊，高原魔女！」

「還用得著您說。」

為了保護家人的性命，我絲毫不會做任何妥協。

我卯足全力加速身體。

然後——揮出鼓足一切力量的拳頭。

朝魔王手中的劍。

嘎鏘——！被我擊中的劍發出金屬聲響，簡直就像劍與劍彼此交鋒的聲音。意思是我的手已經堪比武器了嗎？

似乎直接承受衝擊，魔王的身體不穩。

「哎呀呀……」

然後背部直接撞上牆壁，停了下來。

「這樣應該分出勝負了吧，魔王小姐。」

「言之過早了喔。剛才雖然失去平衡，我可還沒被逼入絕境之中呢。」

「是嗎？看來，妳還不明白呢。」

這種臺詞，我早就想說說看了。

「這、這是怎麼回事!?」

「因為，我已經破壞了喔。」

僅間隔短暫時間差，劍跟著粉碎。

愕然的魔王鬆開了手中無用武之地的劍。

「竟然有這種事……」

「不管肉體鍛錬得再怎麼強，武器強度的提升也有極限。」

劍很礙事，所以我破壞了劍。這才是救助哈爾卡拉的最短途徑。

一旦破壞了武器，接下來就換我大顯身手。

我進一步加速。

手朝魔王臉龐一旁的牆壁按下去。

轟隆——！

使出一記強烈的壁咚。

連牆壁都產生龜裂。

終於，魔王的表情也跟著扭曲。

「咿……呀……」

如果沒了劍，魔王似乎就無法戰鬥。

學過格鬥的人不可能這樣落荒而逃。

「魔王大人，將軍了喔。」

我並未在表情顯示憤怒，盡可能擠出笑容對應。不過，因為我的身高比較高，或許讓她感受到不小的壓迫感。

「再繼續打下去就是我贏，總不會覺得繼續打比較好吧？」

魔王視線朝上望著我的臉。不知是否在顫抖，似乎說不出話來。

「現在，願意聽我說的話了吧？」

「我、我……我知道了……」

「請您赦免哈爾卡拉。那孩子只是有些冒失，但沒有惡意。還有希望您也能饒過幫助我的家人，以及我的魔族。這一切都是不幸的失誤。只要魔王大人原諒，一切都能完美收場。」

© Benio

「……………………」

「可以吧？這一點非常重要，請確實口頭回答。」

「好的，姊姊大人。」

總覺得，她喊我的稱呼有些不對勁。

——如此心想的時候，她的手伸向我的臉頰。

咦!?這是怎麼回事!?難道她真的會什麼武術嗎!?

可是，絲毫感受不到殺氣之類。

「姊姊大人說什麼，我全部照辦！請姊姊大人多多指教！」

「這個，姊姊大人是什麼意思呢……？」

「我從很久以前就一直心想，要追隨比自己強的人活下去了。因為認為亞梓莎小姐可能非常符合，才測試了一下。」

測試？所以說，她是刻意引誘我戰鬥的嗎!?

「今後我應該可以繼續敬愛姊姊大人活下去吧。」

「這個，魔王大人……您能敬愛我是我的榮幸，但能不能先保證哈爾卡拉與其他人的安全呢……？還有，您的手，可以放開我嗎？」

「啊，請不要用這麼禮貌的口氣。拜託姊姊大人以『普羅瓦托，快釋放我的家人』這樣的命令語氣。啊，就像我現在做的一樣，也請將手放在我的臉頰上喔。」

終於，撫摸我臉頰的手離開了。

總覺得，這個人，是不是，性癖好有點奇怪啊……？

話說回來，以前好像在哪裡看過，愈是高高在上的人，愈會有一點被虐傾向的故事……

不過，為了拯救哈爾卡拉，即使不想命令她也沒辦法。

「普羅瓦托這個名字不可愛，就叫佩克菈吧。」

因為她的名字是普羅瓦托・佩克菈・埃莉耶思吧。雖然魔族分不清楚哪個是姓氏，哪個才是名字。

「好的，姊姊大人。」

我隱藏心中的幾絲困惑，右手置於佩克菈的臉頰上。

「啊，姊姊大人……您要做什麼呢……？」

雖然嘴上這麼說，但對方似乎很開心。因為是依照對方的要求，說起來也是理所當然。

「佩克菈，快點釋放哈爾卡拉。我可以保證那孩子沒有惡意，雖然即使沒有惡意，原本也有可能遭到處刑……但妳下令撤銷的話應該就能撤銷了。」

「我知道了，姊姊大人。我絕對不會傷害姊姊大人的朋友喔。」

佩克菈（以後都這麼稱呼她）來到幹部全部躺平的房間外頭。

「亞梓莎小姐沒有攻擊我的意圖，任何人都不得將亞梓莎小姐視為敵人。」

並且如此吩咐。

還有意識的幹部們紛紛跪地。

「還有，也放過讓我挨了一記頭搥的哈爾卡拉小姐吧，不要傷害亞梓莎小姐家人。」

然後立刻找來負責聯絡的魔族，要求傳達訊息給監禁哈爾卡拉的地方。

看來哈爾卡拉也得救了。太好了，真是太好了。

「看來終於搞定了哪……」

別西卜也疲勞地嘆了一口氣。

「啊，我們也得救了呢……太好了……」

瓦妮雅已經被繩子五花大綁。原本應該是危機，但總覺得有些天兵。

「在我昏迷的期間似乎發生了不少事情呢。過幾天來測試我不在的時候，國家能維持多少功能吧。總之，就在明天的典禮要如期舉行，盡快去準備吧。」

魔族們點頭後，三三兩兩離開去執行自己的工作。雖然十分冷靜，但不愧是魔王，威嚴就是不一樣。

「啊，魔王大人，能不能幫忙聯絡我的家人，說已經順利落幕了呢？」

「如果不以姊姊大人的語氣吩咐的話，我就不聽喔。」

表情若無其事的佩克菈表示。
「……佩克菈，也去聯絡我的家人吧。盡可能現在就聯絡。」
「只要是姊姊大人的命令，我馬上就去。」
既然她說願意接受任何命令語氣，要說感謝倒是十分感謝。
哎……結束一項工作後，好累喔……
一牽涉到他人的性命，實在會讓人緊張。即使等級九十九也肩膀痠痛呢。
稍微休息一下吧。
「佩克菈，來喝杯茶吧。吩咐屬下備茶。」
「我知道了。反正這裡已經亂七八糟，就在隔壁樓為您準備吧。」

茶會與頒獎典禮

She continued destroy slime for 300 years

就這樣，決定與魔王佩克菈喝茶等候。

雖然這種時候怎麼還有心情舉辦茶會，但真要說的話，就是在這種時候才想喝杯茶讓心情冷靜下來。這也可以明白為何茶湯會在戰國時代流行。在身體鬥爭時，內心會追求平靜。

附帶一提，連前往茶會會場的路上都被佩克菈摟著手臂。

聽說她從以前就一直在尋找能親密接觸的對象。

「能有姊姊大人，我好幸福喔。光是讓所有人服從我已經厭煩透了。」

「魔族之中沒有值得尊敬的恩師之類的對象嗎？」

「因為大家一看到我，都會自然而然低聲下氣。」

畢竟是國王啊。

我也不是不能體會。有時我也覺得老是被當成高原魔女吹捧也很煩，別西卜能以對等關係看待我倒是不錯。

「姊姊大人想喝什麼樣的茶呢？」

「由於我不清楚有什麼茶，就由佩克菈妳推薦，展現佩克菈的品味吧。」

「這真是重大的責任呢……」

我與佩克菈兩人，單獨進入一間豪華的房間。

這時候家臣送來的，是看起來很辣的湯之類的飲料。

「這是什麼？」

「是恩斯加茶。」

發音還真難念呢，我猜是類似酥油茶的飲料吧。魔族土地位於北方，可能需要能暖和身體的飲料。一喝之後覺得，習慣了還滿好喝的。

「啊啊，與姊姊大人喝茶，我一直期待這一天呢。選擇姊姊大人成為魔族勳章受獎者果然是正確的。雖然沒有料到我會失去意識。」

該不會為了締結神祕的模擬姊妹關係，才找我來的吧……？

「若魔族有哪方面能幫得上忙，請姊姊大人儘管開口。妹妹會為了姊姊大人而盡心盡力。」

意思似乎是我可以自由使喚魔族。

不知不覺中獲得了奇怪的權力……萬一使用方法不對，足以輕鬆毀滅國家之類……

既然她稱呼我為姊姊大人，語氣太親暱也很奇怪。因此我試著耍酷地略為減少開口，視線也有些犀利。

「那麼，就讓我好好利用一番吧。佩克菈，別恨我喔。」

「啊~太棒了。太棒了……酷酷氣氛的魔女姊姊大人，真是太棒了……」

結果表演大成功!?

總覺得，這魔王好像連口水都快滴下來了，沒問題嗎……

「被亞梓莎姊姊大人壁咚的時候，我的心跳得好快呢！表情凜然命令我的女性，讓我心動不已呢……」

看來似乎偶然直擊了佩克菈的性癖好。其實我當時也不是演技，而是玩真的。

「這個，姊姊大人，我有一個請求……」

「什麼事，佩克菈？」

「能不能親我的臉頰呢……？」

「啊？」

她好像對我說出奇怪的話。

「在我愛看的書當中，有妹妹讓姊姊大人親親的畫面，我實在太愛那一幕了……我真的，好嚮往這樣喔……」

佩克菈以雙手摀著紅通通的臉龐。

「而且，現在又沒有別人……」

確實已經將端茶來的家臣趕了出去。

「對家人不是也會親親嗎？算是這種行為的延伸吧。」

難道對魔族而言是這樣的嗎？在國內對家人這麼做似乎很普遍，但我對家人也沒這麼做過呢……親親女兒是很輕鬆，但親下去可能就一發不可收拾，萊卡和哈爾卡拉也要比照辦理，因此我都僅止於擁抱。

「我知道了……不過，只親臉頰喔……」

反正沒人看倒是無妨。況且，現在要是惹到佩克菈會很危險。

「謝、謝謝您，姊姊大人！」

只是親親臉頰而已，沒有什麼好緊張的，與戀愛感情又沒有關係。

我從座位站起來，湊近佩克菈的臉頰。

「眼睛閉起來，佩克菈。」

佩克菈忠實遵守我的命令。

如果拖太久我也會感到尷尬，因此我迅速湊近嘴脣。

就在這時候，門開了。

「哎呀～師傅大人，真的好可怕喔……差點要被浸在水牢裡了呢……」

哈爾卡拉走進房間。

不過，這時候我正準備要親佩克菈……

因此導致親吻中斷，完全被哈爾卡拉看見。

「咦……師傅大人，在和魔王親……咦，咦，不會吧——！」

哈爾卡拉明顯慌張起來。

「冷靜一點，哈爾卡拉！應該說，快冷靜下來！」

「原來師傅大人，喜歡的對象是女性啊!?原來是這樣嗎……這個……我會加油的。」

「我不需要加油啦！」

「不過這麼一來，住在同一個屋簷下卻從未接受過示愛的我，立場該往哪裡擺……難道我這麼沒有魅力嗎……？有種神祕的敗犬感……」

「妳什麼都沒有輸啦！不用自怨自艾沒關係！」

就在我辯解的時候，佩克菈心頭火起。

臉色明顯變紅，紅得之前完全不能比。

「妳這個人，竟敢破壞我和姊姊大人的珍貴時間，怎麼這麼粗魯啊！唯有這一點我絕不原諒！要處刑！」

不會吧——！

「還以為獲得釋放，怎麼又要被處刑啊⁉饒了我吧！我什麼都願意做，放我一條生路吧！」

哈爾卡拉絕望之下，哭喪著臉求饒。

「不可以處刑！原諒她吧！好不好，好不好⁉」

「姊姊大人，請不要阻止我！我的浪漫被她破壞殆盡了！」

「怎麼能不阻止啊！不阻止就慘了啊！」

唔唔……該怎麼樣才能讓她心情好轉呢……

「那麼，要再親一次吧？」

「氣氛已經被破壞，算了……姊姊大人與妹妹的親親是加深情誼的儀式……不過，可不是只有嘴唇碰觸就可以了……」

她似乎還特別講究呢。

結果不用親吻也可以。

還有，好不容易才安撫佩克菈，讓她原諒哈爾卡拉。

◇

之後，我們全家順利重逢。
法露法飛奔向回到房間的哈爾卡拉，夏露夏與萊卡則鬆了一口氣。
「一時之間還以為會怎麼樣呢。哈爾卡拉小姐，拜託再稍微謹慎一點吧。」
「也讓萊卡小姐擔心了呢……真的很對不起……」
這次連哈爾卡拉似乎都強烈反省了。
「不過，只要結局圓滿，一切都圓滿。歡迎回來。今天就好好休息吧。」
萊卡的表情也變溫柔，大家都一樣關心哈爾卡拉。
「謝謝師傅。如果再晚一點的話，拷問就要開始了……」
「對了，羅莎莉在哪裡呢？沒看到她的身影。」
羅莎莉從我一旁的牆壁探出頭來。
「啊，不好意思，我剛才躲在牆壁裡！」
「哇！嚇了我一跳！」
真的嚇了一跳。我跳了起來，差點踩到哈爾卡拉的腳。
不過，這次真的所有人都到齊了。
忽然，我想對兩個女兒做某件事。

如果一件事情並不壞，就應該立刻多做幾次。
首先，我叫來在不遠處的夏露夏。
「夏露夏，過來一下。」
似乎是心理作用，夏露夏小跑步前來。
然後我抱起夏露夏的身體，朝臉頰來個親親。
「啊，親親……」
即使放下來後，夏露夏仍舊茫然了一段時間。
「接下來呢，我要親親妳們兩個……沒關係吧？雖然親了之後才問。」
受到佩克菈的啟發，身為母親決定給女兒親親。
我和女兒的關係，本來就比普通的母女更曖昧，因此像這樣確認母女關係是很重要的。
「……一點也不討厭。」
可能因為做了會害羞的事情，夏露夏的臉有些泛紅。
「媽媽！法露法也要！法露法也要！」
法露法蹦蹦跳跳。當然，會親親喔。
平等對待兩個女兒是我的原則。即使兩人的個性不一樣，注入的愛情也絕不能有優劣之分。畢竟若不是我持續狩獵史萊姆，兩人就沒辦法誕生。

法露法一撲向我懷裡，我就直接將她抱起來。然後，來個親親。

雖然兩人都是史萊姆妖精，但臉頰不會像史萊姆一樣軟綿綿——不對，應該說很有彈性。難道這就是年輕嗎？或者，真的因為是史萊姆嗎？

「哇～！讓媽媽親親了呢！」

法露法絲毫不覺得害羞，開心表示。沒錯，親子之間是不需要感到害羞的。

「媽媽，法露法也要給妳親親！」

「嗯，好啊。不過，稍等一下喔。」

尊重兩人意見的同時，盡可能做到平等。

「夏露夏也要親媽媽嗎？」

夏露夏點頭回答「嗯」。

「那麼，兩個都來親媽媽吧。」

兩人看準時機，在我的臉頰上親親。

我讓兩個女兒親我，身為母親原來也有這麼現充的時光嗎？應該可以說沒有吧。

今天付出這麼多努力，享受這麼一下也不為過吧。

「好，謝謝妳們兩個喔。」

「法露法，可能更喜歡媽媽了喔！」

「愛這種事物，沒辦法以量化表現，究竟是更多還是減少。」

這時候就顯現出兩人的不同。

關於教會我親親這個概念，還得感謝魔王佩克菈呢。

「哎呀，親子之間的親親，真是美好的事物呢。」

好像是不久前聽到的聲音。

回頭一瞧，只見佩克菈打開門，走進房間。

哈爾卡拉下意識戒備。的確，畢竟差點就遭殃呢。

萊卡也提高警覺。不過，兩人的架式不一樣。哈爾卡拉感覺像要腳底抹油，萊卡則是一副要來就來的模樣。

「佩克菈，有什麼事嗎……？」

「聽說各位還沒用餐吧。想說機會難得，要不要一起用餐呢～」

原來如此，這個提議還不壞。應該說，一聽到用餐這兩個字，才發現自己現在好餓。

這也難怪，在確認大家的平安之前，根本沒有時間吃飯。所謂人類的身體，在這種時候倒是很懂得察言觀色。

「真是剛好呢。在哪裡？」

「由我帶領各位前往宴客用的餐廳。來，姊姊大人，我們走吧。」

佩克菈很自然地摟住我的手臂。

© Benic

迄今遇過的人當中，這孩子的身體語言好像特別多。法露法是女兒，所以另當別論。

「啊……亞梓莎大人……」

萊卡露出有些寂寞的表情。畢竟萊卡是自己的徒弟，走在我後方一步之遙。或許等一下再讓她撒嬌一下比較好……

「有種師傅大人被拐走的感覺，果然有敗犬感……」

哈爾卡拉似乎也有類似的感想。這樣要考慮距離感，出乎意料地困難呢……今後的課題就是這個。

「欸，佩克菈，會不會貼得太緊了？」

不過，佩克菈並未在意我的話，反而更加緊貼我。

「模擬姊妹關係就是這樣啊。再稍微陪伴一下我對您的嚮往吧，姊姊大人。」

畢竟沒有人能扮演魔王的姊姊，沒辦法。這孩子肯定很寂寞吧。

「好好好，反正之前答應過。」

我撫摸佩克菈的頭。由於不知道能不能撫摸像是羊的角，因此我刻意避開。

「啊～雖然我今天暈了過去，但現在幸福得可以將這些事情一筆勾銷呢～」

聽到她說自己這麼幸福，連我也與有榮焉。

「這個，姊姊大人，可以拜託您到餐廳的路上來個公主抱嗎？」

「妳的要求真是一個比一個多呢……」

「因為我是魔王啊，任性是當然的。」

這的確既非歉疚，也不是意圖支配他人的小家子氣愉悅。畢竟她一直過著倚靠他人是理所當然的人生。

「而且，算是沒能親親的補償吧，姊姊大人與妹妹之間就應該擁有這種特別的時光。」

「是沒錯。抱抱是這樣子嗎？」

我抱起佩克菈。可能是等級九十九的關係，絲毫沒有失去平衡。

「姊姊大人的懷抱……故事書中一直嚮往的畫面，果然好美妙……」

萊卡與哈爾卡拉露出不太開心的表情跟在後頭。

「哈爾卡拉小姐，吾人可能對她感到有些棘手。」

「要我說的話，我拿她沒轍。雖然我認為應該讓這種大小姐在哪裡體會世間的嚴苛，才會懂得成長。比方說，讓她在我的工廠每個月加班八十小時或許比較好。」

雖然應該是開玩笑，但可不能這樣讓職員加班喔。

想不到，佩克菈的存在會如此刺激兩人……還是多安慰她們吧……畢竟我是無事主義。

「啊，剛才，您在想我以外的事情吧，姊姊大人。」

佩克菈略為嘟起臉頰抗議。

「我想什麼是我的自由吧。」

「可是，公主抱的時候，心中想著懷抱的妹妹才是自然的喔。」

原來公主抱似乎還有各種規矩。

「好啦，有什麼感想嗎？『妳真是輕呢』之類。」

「可能因為服裝豪華的關係，總覺得愈來愈重了。」

「姊姊大人真是壞心眼。」

佩克菈又嘟起臉頰抗議——

「被這樣壞心眼的姊姊大人玩弄於股掌也不錯～」

結果，似乎很開心。

中途，其他魔族雖然露出不解的表情，卻沒有任何意見。

大概也沒有哪個魔族敢對魔王說三道四吧……

別西卜與瓦妮雅在餐廳門前等待。

與其說略微，不如說別西卜滿臉不置可否。

「魔王大人，會不會有些太過火了……？」

「可是，這個世界上沒有足以讓我認定是姊姊大人的人才嘛。雖然考慮過讓別西卜小姐也成為姊姊大人的候補，但妳從來沒有罵過我呢。」

佩克菈嘟起嘴脣。她似乎相當刁蠻。

看來別西卜她們也吃了不少苦頭吧……

「哎……亞梓莎，拜託妳扮演好姊姊大人的角色吧，小女子實在無法勝任。」

「知道了。這幾天會的。」

「可以的話，希望兩個月能來一次哪。」

這種奇怪的關係，該不會要一直持續下去吧……可能變成棘手的問題了……

「對了，別西卜小姐要不要也一起用餐呢？包括別西卜小姐的部下。」

用餐對象包括在我家舉辦宴會時的成員，外加佩克菈與瓦妮雅。反正熱鬧是好事。

魔族的宮廷料理整體而言調味偏濃，不過很美味。還好不是吃蟲子之類的菜色。

用餐中，佩克菈不斷主動表示「姊姊大人，有什麼想喝的酒嗎？」、「姊姊大人，有喜歡的菜色就告訴我吧。」、「姊姊大人，姊姊大人。」

「能不能再稍微擺出一點魔王的風範呢……？」

「這樣豈不是和平常一樣嗎？身為妹妹想盡情讓姊姊大人使喚。」

能自由使喚魔王的權力，究竟該怎麼使用才好呢……

「等一下，能不能教我生長在魔族土地上的植物呢？或許能成為新藥的配方。」

「好的！我馬上安排！」
這樣還能造福自己的鄉里，不錯。
「明天終於到了勳章的頒獎典禮呢。真是期待！」
「話說回來，那才是這次的壓軸呢……」
話說回來，究竟是什麼樣的活動呢？
「啊，對了，妳叫萊卡小姐吧。」
佩克菈難得喊我以外的名字。
「是的，請問有什麼事情呢，魔王大人？」
看來，因為佩克菈黏我黏得太緊，萊卡還有些不悅。
「明天，妳應該會與意外的對象重逢喔。」
「哎？」
沒有回答問題的佩克菈，僅露出惡作劇般的微笑。

◇

隔天，我們穿上禮服，前往典禮會場。
前一天真的發生不少事情，不過典禮會場彷彿無事般以花朵裝飾。我大鬧城堡的事情應該沒有對外公開。

除了我們以外似乎還有其他非魔族的人。從一旁聽到的談話內容，似乎是學者。看來真的是魔族褒獎各方對象的典禮。

「雖然很緊張，但更麻煩的是難熬啊……」

連昨天交手過的對象都在會場內。彼此由其中一方生硬地打招呼「昨天真是失禮了」、「不會不會，我也是……」

這時候，看到別西卜與瓦妮雅兩人時，才稍微鬆了口氣。

「哎呀～一時之間還以為會出事呢。」

「這是小女子要說的話。小女子也面臨史無前例的最大危機……原本以為和妳在一起，日子就不會無聊，但這真的消受不起啊。」

別西卜依然一副精疲力竭的表情。

從她的翅膀不停拍動也看得出來。還有，天氣明明不熱，卻一直搧著有羽毛的扇子。

「連我也差點以為自己死定了……應該說，已經做好沒命的覺悟了……」

瓦妮雅也一副虛脫的模樣。

一旁還有另一位與瓦妮雅面貌相仿的魔族。

「這一位是？」

「利維坦的法托菈，是之前各位乘坐的對象。」
「啊，之前真是受妳照顧了！」
「今天在典禮上以工作人員的身分幫忙。雖然個人認為飛在空中比較輕鬆，看，待客不是還得關照客人嗎？」
這種心情，我也不是不能體會。以前當社畜時，比起待客我寧可去當司機。
「所以說，今天請各位多多指教喔。這是典禮開始前的飲料。」
法托菈以裝了酒的玻璃杯勸酒，這方面可能放諸四海皆準吧。
萊卡接在我後面拿起酒杯，不過，這時候瓦妮雅介入。
「這個呢……容易喝醉的，或是不會喝酒的，麻煩請喝水喔……」
瓦妮雅的視線明顯望向哈爾卡拉。
「知道了……我也會自我約束的……」
既然哈爾卡拉已經留意了，這次肯定沒問題吧。
「法露法與夏露夏也喝水喔。」
史萊姆似乎不擅長分解酒精。由於符合小孩的外表，某種程度上很好分辨。
「聽說是魔族的典禮，原本以為是什麼樣子，但看來相當洗練呢，亞梓莎大人。」
萊卡散發出十足大小姐氣氛，環顧會場。
「萊卡果然很習慣典禮呢。」

「嗯，與龍族典禮大同小異，應該可以平安順利落幕吧。」

萊卡，這句話是不折不扣的旗標，拜託千萬別豎……

——這時候，士兵們高喊「魔王大人駕——到——！」

佩克菈出現在位於略高臺階上的講壇。

「各位來賓，感謝各位在百忙之中撥空出席典禮。我是魔王普羅瓦托‧佩克菈‧埃莉耶思。事不宜遲，現在就開始依序頒發魔族勳章。首先是魔法部門，大幅提升強化防禦力魔法水準的曼托亞先生。」

一位很像魔法師的人走出隊列，從佩克菈手中接過像是勳章之物。

這一部分也很符合常識。

「緊接著是自然部門，成功栽培藍薔薇的諾艾爾先生。」

接著出列的人，是一副「我怎麼會被叫到這裡來」表情的略老男性。不難想像他是突然收到魔族的頒獎通知才來的。

之後也繼續表揚各式各樣的部門。

猜想可能是基於佩克菈的個性，典禮感覺不太考究，沒那麼拘束。

「那麼，接下來是和平部門。高原魔女亞梓莎小姐，請。」

在眾人鼓掌下，我來到講壇前方。光是為了獲頒這面勳章，真的好辛苦呢。

不過，這時候佩克菈露出惡作劇的笑容。

嗚哇，看她的表情，絕對有什麼企圖……

「其實，不只是亞梓莎小姐喔。」

「這是什麼意思？」

「雖然亞梓莎小姐平息了紅龍與藍龍長年的鬥爭，不過機會難得，也希望頒發勳章給龍族。」

佩克菈的視線望向萊卡。

「咦？包括吾人嗎？」

萊卡指著自己的臉。

這時候來賓響起掌聲，萊卡也不得不跟著站上講壇。

「是嗎？這還真是別出心裁的設計呢。」

沒有萊卡的幫助，確實無法阻止雙方的鬥爭。

不過，如果只有這樣的話，就無法解釋佩克菈的表情了……

「好的，紅龍族萊卡小姐已經登上講壇。還有另外一名，藍龍族的代表者，芙拉托提小姐也請上臺！」

「「咦!?」」

我與萊卡異口同聲。

長了角與龍尾的女孩子推開門走進會場。

毫無疑問，她就是人類型態的芙拉托提。

之前，硬闖萊卡姊姊結婚典禮的藍龍族總大將，被我們狠狠教訓一頓後，被迫與紅龍族締結互不侵犯條約。

「芙拉托提小姐也負責領導藍龍，留意不會再發生鬥爭。因此我認為她同樣有資格接受表揚。」

「妳還真是會給人驚喜呢……」

芙拉托提也戰戰兢兢走上講壇。

與萊卡並列似乎果然坐立難安，雖然萊卡也一樣。

「好、好久不見了……萊卡……」

「對啊……幸好在鬥爭現場沒有直接面對面……」

「那麼，頒發給每人一面勳章喔～」

從輪流戴上勳章這一點來看，佩克菈滿粗枝大葉的。

「這樣龍族彼此的和平就更加穩固囉～應該不會有人再引發爭端吧～」

佩克菈咧嘴一笑。意思是違反就會觸怒魔族，遭到大舉進攻吧。

「我、我當然……知道……藍龍什麼也不會違反……」

芙拉托緹抖得相當厲害，連龍族也害怕魔王吧。

「佩克菈，看妳似乎粗線條，不過心思還挺縝密呢。」

「因為身為魔王，得維持世界的秩序才行呀。」
佩克菈相當得意。
「今後的時代，魔王可是協調各種族的象徵呢。我們的國家本身就是超多民族國家。」
雖說是魔族，但外表確實差異極大，所以對這方面很寬容吧。
「那麼，我芙拉托緹想就此告辭……畢竟還剩下許多事情要辦……」
芙拉托緹已經迫不及待想離開此地。肯定覺得坐立難安吧。若她是鬥爭的勝利方就算了，偏偏還是遭到反殺的一方。
不過，我沒有錯過佩克菈一瞬間，再度咧嘴一笑的表情。
現在我逐漸明白了。佩克菈的心眼超級壞。而且她本人還知道自己非常壞心，因此更加棘手……
「我正好想到一件事情，希望姊姊大人也做一件代表藍龍不會反抗的證明～」
她又要我做什麼了……？
「姊姊大人，撫摸芙拉托緹的角吧。聽說藍龍會讓絕對服從的對象撫摸龍角呢。」
佩克菈一臉微笑。
雖然笑容很可愛，其中卻帶有微妙的壞心眼。
「咿！摸、摸角很麻煩……拜託不要……」

芙拉托緹嚇得一縮身子。

連萊卡也表示「魔王大人真是不留情呢」，對芙拉托緹投以同情的眼光。

「摸角真的有這麼糟糕嗎？」

「這是藍龍的特有習俗，代表完全服從的意思。如果破壞規定，只有死路一條——因此之前的戰鬥中，即使身為紅龍也不會碰觸他們的角。」

由於我頭上沒有角，不太明白這方面的感覺。

「據說以前冒險者為了收服自己的專屬龍族而試圖碰角，導致許多人喪命。絕大多數都在碰觸之前，就被吐出來的寒氣凍死了。」

是嗎，聽起來好像乘坐龍的騎士，原來是指藍龍啊。

「如果紅龍族的萊卡小姐觸摸，代表紅龍族完全支配藍龍族，這樣妳們也尷尬吧。因此讓高原魔女的姊姊大人碰觸剛剛好。也就是說，在之前的保險上再加一道保險。」

佩克菈真不愧是策士。

或許正因如此，才有能力擔任魔王。

「那麼，既然是為了和平，那我就摸囉。」

「隨、隨妳便吧……真是的，要怎樣都行啦……」

芙拉托緹垂頭喪氣地低下頭去。

那麼，我要觸摸她的龍角囉。
我伸出手，撫摸她的角。左摸右摸，摸來摸去，硬硬的像石頭一樣。
「祖先大人……今後芙拉托緹將要服從魔女……抱歉讓祖先大人蒙羞了……」
心想在眾人環伺下這麼做，佩克菈還真是蛇蠍心腸啊，同時結束撫摸龍角。
「辛苦了。那麼，表揚典禮到此結束。歡迎參加站食宴會。」
如此一來，我在典禮的工作就告一段落。
不過，又產生了奇怪的問題。
芙拉托緹一直跟在我的身後。
不論我前去拿取各式各樣的料理，她都緊跟在後。只有暗殺者，或是隨從才會保持這種距離。該不會是新的找麻煩方式吧？
「這個，有什麼事？」
「芙、芙拉托緹……受到高原魔女大人的支配……因此像這樣待在您的身後……」
我有股不好的預感。
「妳說的支配，究竟到何時才會結束？明天？三天後？」
「到死為止。」
不好的預感果然命中！
「意思是，妳還要跟我一起回家嗎!?」

「是的……」

芙拉托緹一直恥辱地羞紅著臉表示。由於外表是女孩子，讓我有一種對她很惡毒的感覺。

另一方面，萊卡似乎感到很困擾。

「亞梓莎大人，高原之家不需要兩隻龍。只、只要有吾人就足夠了……請命令芙拉托緹回到藍龍的故鄉吧。既然絕對服從，那麼她應該會乖乖回去。」

萊卡的話也有道理。

強迫她搬家感覺也很可憐，只要「命令」她一如既往，在故鄉生活即可。

「藍龍的慣例是，一旦離開支配者的身邊就必須自盡……因為必須保護支配者到天涯海角才行……」

「這慣例太嚴苛了吧！」

正巧與不遠處的佩克菈四目相接。

姊姊大人，那個叫芙拉托緹的人就拜託您囉——她露出如此的表情。

「原來佩克菈早就知道一切，才讓我摸的嗎！有可愛外表的她，根本就是惡魔！」

「亞梓莎大人，她可是惡魔中的惡魔，也就是魔王喔。」

萊卡吐槽我。

「真的……果然，魔族真可怕……」

這時候別西卜前來。一來到我面前，立刻低頭致歉。

「魔王大人實在很喜歡惡作劇哪……雖然並非壞人，頭腦也十分靈敏，但偶爾會靈機一動做出奇怪的事……抱歉……」

「算了，她也不是真的要惡整我們，其實沒關係。」

若以魔王佩克菈為基準考慮，也看得出身為中階管理職的別西卜是辛苦人。

「這個……我什麼都願意做，請帶我一起走……」

芙拉托緹則是一直低著頭。

「好好好，沒問題，抬起頭來。」

「是的，高原魔女主人……」

既然她化為人類的外表，讓她住進空房間應該沒有問題。

「妳似乎也被捲入不得了的事情，但既然來到我的門下就不用擔心。另外只要來到有我在的地方就不會受到責備吧。偶爾也會讓妳回故鄉一趟的。」

「非常感謝您，主人！」

她當場跪下。

總覺得自己好像變得超級偉大，實在很棘手呢……

「幸好是被慈悲為懷的亞梓莎大人撿到呢。」

萊卡似乎也不反對增加龍族的夥伴。

「萊卡，我不會輸給妳的！」
不過，芙拉托提猛然抬起頭來。
「什麼，此話怎講!?」
「芙拉托緹終究只是服從主人而已！才不是服從妳呢！」
「這對身為前輩的吾人很沒禮貌喔！」
「這與前輩晚輩無關！妳又不是我的主人！」
兩人彼此敵視，吵起架來。
看來，可能又要傷腦筋了呢……

第二隻龍來了

She continued destroy slime for 300 years

我們逛范澤爾德城的行程雖然算不上無事，但還好沒有人受傷。

雖然還想再觀光一番，但居住在高原之家的成員又增加了，因此決定早早回去。

目前，我們搭乘利維坦，在回家的路上。

在用餐區放鬆之際，魔族走了進來。

「各位在回程途中由我負責服務。我是法托菈。妹妹瓦妮雅在去程給各位添了不少麻煩呢。」

沒錯，這對姊妹輪流變身成巨大的利維坦外形，負責像觀光巴士一樣的工作。陪同人員由駕駛（？）以外的另一人負責。

「不會不會，瓦妮雅應該也很努力了，別放在心上。」

「真的沒關係嗎？在我看來她簡直就是一族的包袱呢。」

對妹妹還真是嘴上不留情啊。

「我會細心帶領各位，敬請各位放心。飲料我也為各位準備好了，現在就端來。」

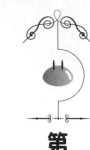

大約三分鐘後，法托菈端著盛放冷飲的托盤前來。

「這是在湧泉加入蜂蜜的飲料，應該很適合長途旅行而疲勞的身體。」

「果然，像這樣的接待做得十分確實呢。」

如果魔王佩克菈的個性稍微認真一點，再加上沒出什麼問題的話，原本該是一場普通的旅行吧。會被捲入這種事件，也可以說很有我們的風格，但要過慢活還真是困難啊。

可是，還留有突發狀況。

地板突然左晃右晃。

「地震？不過，這裡不是地面吧!?」

「這多半是瓦妮雅回想起什麼，自己發笑的搖晃！那個笨蛋！」

原來如此，若沒有維持正常的精神狀態，身上的東西也會跟著搖晃啊……

然後，眼看搖晃愈來愈大。

「哇，哇！晃得這麼嚴重，沒辦法端好托盤……」

結果法托菈——摔得四腳朝天。

嘩啦！托盤上的蜂蜜水灑在法托菈身上。

「我、我明明就不迷糊……明明就不迷糊……」

一屁股跌坐在地上的法托菈，直接淚眼汪汪。

「明明一直完美地完成工作，還受到別西卜大人的褒獎呢……真是討厭……！等一下，絕對要好好教訓瓦妮雅一頓──！」

「好啦，冷靜一點！哪個人，可以幫忙拿毛巾來嗎？」

讓哈爾卡拉幫忙拿毛巾來，先幫法托菈擦拭。

擦拭的途中，像是廣播的聲音在整間房間內響起。

『我是駕駛中的瓦妮雅。剛才真不好意思……腦海裡想起兩年前看過的喜劇笑點……』

原來真的回想起來自己發笑喔！

「絕對，絕對，饒不了她！」

法托菈完全爆氣。

總之，姊妹的問題就讓她們姊妹自己解決吧……

十五分鐘後，法托菈一臉神清氣爽地帶著新的蜂蜜水回來。

法托菈微妙地散發剛剛洗好澡的熱氣，暖烘烘的。

「剛才蜂蜜弄得黏答答，因此去洗了澡……這是新的飲料……」

「妳也挺辛苦的呢……」

「就是說啊……」

蜂蜜水不會太甜，濃淡絕妙的滋味。

一喝下去，就有種身體受到淨化的感覺。

兩個女兒也表示「真好喝呢，夏露夏！」、「嗯，很好喝，姊姊。」看來也受到孩子的喜愛。

哈爾卡拉則要求「請給我第二杯」。

「如果這個商品化的話，應該能熱銷喔。只要水與蜂蜜的話，準備應該也很容易。再讓我喝一點，讓我記住味道。」

「真會做生意呢！」

「畢竟又給大家添了麻煩，所以我希望賺點錢，給大家買點禮物……」

發生這麼多事，哈爾卡拉似乎也在反省了。

「哈爾卡拉小姐，其實妳不用這麼在意。」

萊卡邊喝蜂蜜水邊說。

「不如說，亞梓莎大人也希望妳能活用這次的失敗，有所成長。如果想要回報的話，只要在高原之家請大家享用一頓精靈料理就行了。」

幽靈羅莎莉也從一旁飄過，點頭同意。就是這樣。

「我知道了，謝謝妳……不過，這有機會拿出來賣，因此讓我想想蜂蜜水的商品化。」

還是沒忘記做生意的部分呢。心想某種意義上很有哈爾卡拉的風格，並且希望她能維持自我本色活下去，同時我喝完剩下的蜂蜜水。

不過，桌上還剩下一個完全沒有喝過的杯子。

「芙拉托緹，怎麼了，不喝嗎……？該不會不喜歡喝……？」

沒錯，要和我們一起回高原之家的芙拉托緹也同座，但她從剛才就一語不發，也滴水未進。

「難道，這是在抗議之類……？」

難道是絕食抗議之類的嗎？

「不。」

芙拉托緹搖了搖頭。只不過，視線集中在蜂蜜水上。

「主人沒有允許可以喝，所以我沒喝。」

平淡地說出相當衝擊性的原因。

哈爾卡拉與萊卡，還有羅莎莉都有點嚇到。

「……可以喝了，芙拉托緹。」

一下達許可後，芙拉托緹便很自然地喝著飲料，並且笑著表示「真好喝呢」。

該說這女孩比較誇張，還是藍龍的服從很極端呢，總之就是很誇張。

「芙拉托緹，妳過來一下。」

我帶著芙拉托緹，進入空房間。

「究竟有什麼事情呢？主人？該不會有哪裡不對吧？」

「我說啊，難道沒有人命令妳就什麼也不做，應該說，沒辦法做任何事嗎……？」

「這就是主僕關係。過去人類騎士也曾有一段時期騎著藍龍戰鬥，當時，如果龍不服從命令行動，就會引發嚴重事件。」

原來如此……軍人思想的服從嗎……

「那麼，如果主人命令妳去死，妳會去死嗎？這樣很奇怪吧？」

「如果這是主人的命令，我會去死……因為這就是藍龍的矜持……」

這可傷腦筋了。

現在，我碰上了與自己相異的價值觀。

我雙手搭在芙拉托緹的肩膀上。

「芙拉托緹，其實妳不想死對吧？」

「是、是沒錯，可是身為藍龍必須保護的事物……」

「主人命令妳去死就去死難道是矜持嗎？這種事情，根本只是放棄自我吧？我也知道，其實妳們並不單純認為服從就是美德。」

得想想辦法，修正芙拉托緹的思考方式才行。

「是的。藍龍的價值觀是『強者獲得一切』。換句話說……落敗後連龍角都被對方摸到的輸家絕對服從強者，結束剩餘的人生是理所當然的……」
說到這裡，芙拉托緹的眼睛泛著淚光。
她也並非完全接受這種不講理的價值觀。
「父母也是這樣教我的……角被碰到的龍會失去一切，苟延殘喘活著是理所當然的……還說這就是對弱者的懲罰……」
「這樣簡直就是奴隸嘛。」
「古文書好像也有這樣的說明：『龍騎士為使役藍龍奴隸戰鬥之人』。」
拜託，我可不想要什麼奴隸啦。我們已經像個家族開心地生活在一起了。
「我知道了。那麼，芙拉托緹，我給妳一道命令。」
「是的，主人……」
「等抵達高原之家後，不用等待我的命令，以自己的思考行動。拋開服從的想法，自由活下去吧。」
芙拉托緹似乎還不明白我在說什麼，但隨即露出焦急的表情。
「主人，這樣我會不知道該怎麼活下去！」
「為什麼？我的命令不是絕對的嗎？那麼就服從我的命令吧。妳必須自主活下去才行。要多少建議我都可以提供，但我不喜歡對他人發號施令。」
托緹淚眼汪汪凝視我。

看來，她似乎聽進了一些我想告訴他的話。

「主人，這種命令有矛盾啊……」

嗯，要求自由的命令確實有些扭曲。

「沒關係，因為我是妳的主人啊。」

關於認為自己是正確的這一點也不會收回。

「主人真的好體貼呢。」

「真要說的話，是妳太極端了。活得更輕鬆點吧。某種意義上，以哈爾卡拉為目標可能剛剛好呢。」

「主人，那麼……可以拜託您一件事嗎？」

「在能力所及之內都可以。究竟是什麼？」

「可以摸摸我的角和頭嗎？」

咦？還要撫摸她的角？

「反正也沒什麼危害，好吧。」

我以左手輕拍芙拉托緹的背部，同時以右手撫摸角與頭。

「啊啊……芙拉托緹是屬於主人的……」

芙拉托緹發出幸福的聲音，這件事情應該算落幕了吧。

「芙拉托緹在龍族中一直不曾示弱……因此沒有人可以撒嬌……好開心……」

話說回來，這孩子在襲擊的時候，是扮演首領的角色呢。可能與佩克菈一樣，許多高高在上的人都是被虐狂。

「主人，媽媽，媽媽……」

「咦？媽媽……？」

母親的確是讓自己撒嬌的究極對象……

雖然是我的推測，但讓父母撫摸龍角的情況不算服從。父母總能摸摸自己孩子的頭吧。

這麼一來，撫摸龍角的人除了支配者就只有父母而已。因此，可能讓她想起了母親。

「媽媽的掌心，好舒服喔……好像躺在溫暖的房間一樣……」

感覺記憶果然回到幼年期。也就是扮貝比撒嬌吧？而我則是「扮媽媽」的狀態，因此無從得知芙拉托緹感情的微妙之處。

事到如今，即使再多一個小孩，應該也能養育吧。

這時候，房間的門開啟。走進房間的人是萊卡，只見她的表情十分嚴肅。

然後，她伸手一拉芙拉托緹的背後。

「這樣會造成亞梓莎大人的困擾，還不快離開！」

芙拉托緹很乾脆地被拉開，只不過一看到萊卡就怒火中燒，剛才的幼兒退化行為似乎消失得無影無蹤。

「為什麼要妨礙我！紅龍不要專門做討厭的事情好不好！」

「是妳先做出奇怪的事情，我才會制止妳！」

「果然，還是得和妳找地方分出勝負才行！我要求決鬥！」

在魔王面前發過的誓言跑哪去啦！又要開打了嗎!?

「不行啦，妳們兩個！萬一讓魔王顏面掃地，後果可是很嚴重的！」

「主人，如果是不算戰爭狀態的戰鬥就沒有問題。」

「亞梓莎大人，只要進行安全的決鬥項目即可。」

雖然鬆了口氣，可是這麼一來，她們究竟想做什麼呢？

「那、那就來比比看誰比較能侍奉主人吧……？」

這是什麼項目啊！

「知、知道了……吾人接受……」

而且連萊卡都接受了！

「主、主人……覺得肩膀痠疼嗎……？」

「亞梓莎大人，吾人幫您揉肩膀吧……」

「呃，其實都不用了啦！」

我急忙離開房間。萬一在她們非比尋常的覺悟下揉肩膀，反而會痠痛吧！

「等抵達高原之家後，就展開料理對決吧！」

「好……等著瞧吧，我會做出主人讚不絕口的甜點！」

看來，家裡又要變得熱鬧了呢……

附錄 迷途貓來了

She continued destroy slime for 300 years

「這個，我將牠撿回來了喔～」

從工廠回到家的哈爾卡拉手中，抱著一隻豹紋仔貓。

或者可能真的是豹之類種族的幼崽。

總之可以確定是貓科動物沒錯。

「在工廠附近看到這孩子孤零零地好像很冷，然後呢，我一伸出手牠就如此黏人呢。意思就是『請飼養我喵～』吧。」

哈爾卡拉雖然開心笑著說，但仔貓一直咬著哈爾卡拉的手。難道不痛嗎……？

「這種動物，是名叫南堤爾山貓的品種。原本棲息在杳無人跡的地方，可能是誤闖城鎮，或是遭到母貓遺棄吧。」

負責接送哈爾卡拉的萊卡邊看著被咬的哈爾卡拉邊說明。

「基本上是不太親近人類的品種——」

「看，牠這麼親近我呢！我可能還是頭一次這麼受到動物喜愛喔！」

哈爾卡拉硬是打斷萊卡的話。

「師傅大人，這孩子就由我來飼養吧！由我來當媽媽！」

老實說，很難想像哈爾卡拉會照顧動物。應該說，目前仔貓就完全不親近她。

「這孩子也說，『我想讓精靈飼養喵～』呢。」

「哈爾卡拉小姐，雖然這句話口氣像男生，但是這孩子，好像是女生喔。」

「也、也是有口氣像男生的女生嘛！」

這時法露法與夏露夏前來一探究竟。

「哇，好可愛，好可愛！是貓咪耶！」

法露法的情緒愈來愈興奮。

仔貓立刻跳出哈爾卡拉的懷抱，主動接近法露法。

「小貓咪，好乖，好乖♪」

法露法一摸頭，仔貓的喉嚨隨即發出呼嚕呼嚕的聲音。似乎也不打算咬女兒。夏露夏也戰戰兢兢，從一旁撫摸仔貓的身體。

哈嗚……女兒們 featuring with 仔貓，真是全宇宙最可愛的啊！

「根據夏露夏的判斷，這樣的尺寸應該有可能照顧。」

「法露法，想養這隻貓咪，想養！媽媽，可以飼養牠嗎？」

「夏露夏也對觀察動物感興趣。」

「好啊。應該說，不養還不行呢。」

就讓這隻能激發女兒可愛一面的仔貓待下來吧。果然該研究魔法製作照相機，將女兒與貓的照片拍下來才對。

「哈爾卡拉，做得好。感謝妳的行動力喔。」

「師傅大人，該不會是因為法露法的反應而評價大轉變吧？」

哈爾卡拉露出有些複雜的表情。

這隻仔貓——嚴格來說可能不算是貓，但是長得像貓——命名為甜甜圈。

因為身體像極了兩天前製作的甜甜圈顏色。

命名者是哈爾卡拉。撿到仔貓的是她，因此命名權交給她。

名字聽起來有些隨便，不過特殊的名字確實也比較難記，其實還不壞。

一開始，還不習慣家中的甜甜圈到各種地方探險，中途卻接近某個人物。

「這隻貓，盯著我看呢……」

羅莎莉被甜甜圈筆直盯著瞧。貓似乎也看得見幽靈。

在甜甜圈的心中，一天似乎有兩、三次觀賞羅莎莉的時間。

話說回來，高中時代朋友飼養的家貓，不知為何也有一段時間眼睛只盯著窗外。

如果紙門關著，就會喵喵叫要求「幫我拉開紙門喵」。

附帶一提，朋友住宅的窗外只看得見混凝土磚牆，是連盆栽都看不見的場所。真難理解貓的美學。

不過，很難說羅莎莉親近甜甜圈。最親近的是法露法，或是哈爾卡拉。只不過，評價基準不同會導致判斷出現分歧。就像芥川賞之類的審核，會因為評審委員不同而產生截然不同的評價吧。

「甜甜圈，吃飯囉～♪」

法露法一拿出裝了牛奶的盤子，甜甜圈就立刻跑來。甜甜圈似乎認定法露法為老大，忠實跟在她身邊。即使法露法抱起牠也並未露出不悅的表情。我遠遠眺望人與貓的互動，一臉笑咪咪。

女兒真可愛，仔貓也好可愛，兩者相乘的話，就是可愛無限大！

這時夏露夏謹慎地前來，撫摸仔貓頭部與脖子下方的動作也饒富趣味。

不過，若以不同的評價基準而言，哈爾卡拉也不落人後。

「拜託，甜甜圈，不要咬我好嗎？不咬我也不代表可以伸出爪子抓我喔！」

哈爾卡拉走在室內，甜甜圈隨即接近，一口咬在哈爾卡拉腳上。

不時見到像是甜甜圈主動攻擊的場合，牠可能認為哈爾卡拉的地位比自己低。另一方面看起又像具有同伴意識。即使用牙齒咬，但與真正的攻擊又明顯不同。

夏露夏的說法是「對待父母的態度，與對待朋友的態度本來就不一樣」。這個解釋在我看來也不無道理。

另外，可能因為牠是山貓而非普通家貓，甜甜圈的行動力也十分旺盛，需要時間讓牠在高原散步。由於身為老闆的哈爾卡拉得到工廠工作，因此經常由萊卡和我負責。

看著甜甜圈奔馳在空氣清新的原野上，也有一番樂趣。

據說養寵物有療癒效果，我現在好像明白意思了。

哈爾卡拉放假的某一天，我們全家一起在附近與甜甜圈散步。

還特地鼓起幹勁準備所有人的便當。

「等等嘛～！」法露法跟在甜甜圈後面奔跑。我們緩緩跟在她們後頭。

「甜甜圈已經完全習慣住在這裡了呢。」

真要說的話，可能是我們習慣有仔貓的生活也說不定。

「是啊。只不過，得稍微思考一下今後的打算了呢。」

優等生萊卡連這時候也露出認真的表情。

「這句話，是什麼意思呢？」

「山貓的尺寸完全不是普通的貓能比擬的。一旦完全長大，在室內飼養也會面臨極限。」

「原來如此，會長大的寵物問題嗎？」

在日本也曾經看過報導，有人因為烏龜長得太大而無法繼續飼養。由於烏龜壽命長達幾十年，人類年老力衰後，會因為體力不堪負荷而只能選擇不養，這可不是開玩笑的。

「反正高原很寬廣，我希望盡可能陪在甜甜圈的身邊！」

哈爾卡拉略為提高音量說。

一臉工作中的哈爾卡拉露出社會人士表情。

「畢竟，已經和甜甜圈一起生活了太久，就由我照顧牠吧。我會負起責任的。」

「嗯。我不會拋棄牠的，放心吧。」

——這時候，傳來法露法「嗚哇啊啊啊！」的叫聲。

由於沒有尖叫般的緊張感，很明顯是發生某些事情的叫聲。

「究竟怎麼了!?法露法！」

跑過去一瞧，只見一隻體長足足兩公尺的大型山貓。

山貓與甜甜圈相互凝視。

大山貓相當瘦削，身上也沾了泥巴。但依然彷彿忘記疲勞般，腳步十分穩健，傲然矗立於大地之上。

不久，大山貓緩緩接近甜甜圈，開始舔拭牠的身體。

「這是親子之間的交流。肯定沒錯，這兩隻是親子。媽媽來了。」

即使沒有聽夏露夏的說明，也能立刻看得出來。

山貓媽媽可能一直在尋找失蹤的小孩吧。從憔悴不堪的外表，看得出山貓媽媽無暇顧及其他事情。

「哈爾卡拉，這裡就交給真正的媽媽——」

我望向哈爾卡拉，見到她露出十分不捨的表情，我急忙閉嘴。

可是，那並非孩童般單方面感到悲傷的表情，果然是大人的成熟容貌。

「要說再見了呢。」

凝視兩隻山貓，哈爾卡拉靜靜地說。

山貓媽媽可能智慧很高，或者真的餓壞了，法露法表示「回高原之家，有飯可以吃喔」，隨即老實地跟甜甜圈一起走。

或許是甜甜圈告訴母親，有飯可以吃也說不定。

在家門前，母親大口大口吃著飯，順利恢復活力。

不過，我們家族應該有許多人沒辦法坦率地感到高興。

因為媽媽來了就意味道別。

親子山貓以只有自己才明白的方式交流後，兩隻一同背對我們。甜甜圈真正的家並不是這裡，而是親生母親的身邊。
「甜甜圈，不要走！甜甜圈！」
法露法反覆哭喊甜甜圈的名字，我輕輕拍了拍她的頭。
「如果要與媽媽分開，法露法也不願意吧？」
「嗯……」
「甜甜圈也一樣喔。既然有媽媽，就應該待在媽媽的身邊。」
以手揉了揉眼睛，法露法點點頭。
老實說，比起法露法我更擔心哈爾卡拉。因為她喜歡甜甜圈，喜歡到帶甜甜圈回家養。
哈爾卡拉彎下腰去，靜靜揮了揮手。
噢，是與甜甜圈視線齊平的高度。
「再見了，甜甜圈。」
現在的哈爾卡拉看起來比我還年長。是成熟大人的道別方式與距離感。不過，正因為如此特別的事情發生在現在的哈爾卡拉身上，我不知道這究竟是好是壞，得一直展現成熟的態度肯定很累人。
這時候，甜甜圈一轉身，望向我們。
然後，快步跑到彎著腰的哈爾卡拉正前方。

「甜甜圈，不是這裡喔？」

哈爾卡拉與甜甜圈的視線正好重合。

甜甜圈輕輕「喵～」了一聲後，開始舔拭哈爾卡拉的手。

之前明明老是咬她呢。

「真是的，好癢喔。不痛也是因為沒有彼此較勁呢。」

哈爾卡拉聲音略微哽咽地說。

做為舔拭的回報，哈爾卡拉摸了摸甜甜圈的頭。

大約十五秒左右吧。然後像是覺得時候到了，甜甜圈回到山貓媽媽的身邊。再拖下去山貓媽媽要擔心了。

「畢竟動物也有感情啊，牠想表達感謝的心情吧。」

萊卡露出感慨良多的表情陳述。嗯，應該就是這樣吧。

「以後，可以再到工廠露臉吧？我等妳喔？」

甜甜圈彷彿聽得懂般「喵～」了一聲。

「展現出哈爾卡拉姊姊大器的一面呢。」

飄浮在空中的羅莎莉露出佩服的表情。

「大姊畢竟是大姊，與女兒就是不一樣。」

法露法或許的確還是小孩啊。

「對啊，是大人呢。不過，法露法要是太老成的話，身為母親會感覺很複雜，所以這樣還好啦。」

兩隻山貓啊，要健康活下去喔。

一星期後。

「師傅大人，我撿回來了喔！」

哈爾卡拉手中捧著一隻像是小狐狸的生物。

附帶一提，牠又在咬哈爾卡拉的手。

「看，牠這麼親近我呢。看來我非得成為牠的媽媽囉！」

這時候夏露夏顯得有些慌張。

「這種品種的狐狸，有可能傳播只會感染精靈的疾病……最好不要太親密地摸牠……」

而且還被牠咬個不停！

「哈爾卡拉，快將那孩子帶回原本的地方！還有，要以藥品消毒手！」

增加新寵物的可能性就此消失。

完

後記

各位好久不見，我是森田季節！

本書為《狩獵史萊姆三百年～》第二彈喔！這次也有許多新角色登場，亞梓莎的身邊更加熱鬧了！

請好好疼愛幽靈羅莎莉，利維坦的瓦妮雅，以及魔王佩克菈三人吧！幫忙繪製插圖的紅緒老師，真的非常感謝喔！

好的，這一次，有許多事情必須向各位報告。

首先，真的有許多讀者購買一月出版的第一集捧場！聽說是GA史上賣得最好的喔！一開始從責編打聽到震撼的消息時還難以置信。真的太感謝購買本作品的各位讀者了！今後請繼續支持亞梓莎等人喔！

還有多虧各位的支持，決定要漫畫化了！

媒體為Gan Gan GA，作畫由シバユウスケ老師負責！敬請期待！

接下來亞梓莎等人會如何在漫畫中活動呢，超級期待的！

最後稍微提一下「狩獵史萊姆三百年～」第三集的預告！

・新的家人，藍龍芙拉托緹加入，高原之家變得更熱鬧！
・萊卡與芙拉托緹賭上龍族的威信，展開餅乾對決！
・史萊姆妖精法露法為何變回史萊姆!?
・狩獵野豬，大家一起料理野味！
・高原魔女亞梓莎出現冒牌貨!?

——將會為各位呈現以上的豐富內容！預定七月發售！（註：此為日本發行時程）

亞梓莎等人也隨著劇情不斷擴展，習慣在高原之家與魔族土地生活了。經常聽到「角色會自己動起來」這種說法，我想應該就是這樣吧。

目前依然在「成為小說家吧」繼續連載，不過下一回究竟會發生什麼，連作者自己也不知道。

今後高原之家附近應該會更加熱鬧，敬請各位多多指教！

森田季節

浮文字

持續狩獵史萊姆三百年，不知不覺就練到LV MAX（02）

（原名：スライム倒して300年、知らないうちにレベルMAXになってました2）

作者／森田季節　封面插畫／紅緒　譯者／陳冠安
發行人／黃鎮隆　總經理／陳君平
經理／洪琇菁　國際版權／黃令歡
執行編輯／呂尚燁　美術編輯／李政儀
企劃宣傳／邱小祐
出版／城邦文化事業股份有限公司　尖端出版
台北市中山區民生東路二段一四一號十樓
電話：（〇二）二五〇〇七六〇〇　傳真：（〇二）二五〇〇二六八三
E-mail：7novels@mail2.spp.com.tw
發行／英屬蓋曼群島商家庭傳媒股份有限公司城邦分公司　尖端出版
台北市中山區民生東路二段一四一號十樓
電話：（〇二）二五〇〇—七六〇〇（代表號）
傳真：（〇二）二五〇〇—一九七九
中部以北經銷／楨彥有限公司
電話：（〇二）八九一九—三三六九
傳真：（〇二）八九一四—五五二四
雲嘉經銷／智豐圖書股份有限公司　嘉義公司
電話：（〇五）二三三—三八五二
傳真：（〇五）二三三—三八六三
南部經銷／智豐圖書股份有限公司　高雄公司
電話：（〇七）三七三—〇〇七九
傳真：（〇七）三七三—〇〇八七
一代匯集／香港九龍旺角塘尾道六十四號龍駒企業大廈十樓B&D室
電話：（八五二）二七八三—八一〇二
傳真：（八五二）二七八二—一五二九
馬新總經銷／城邦（馬新）出版集團　Cite(M)Sdn.Bhd.
E-mail：Cite@cite.com.my
法律顧問／王子文律師　元禾法律事務所
台北市羅斯福路三段三十七號十五樓
二〇一八年八月一版一刷
二〇二一年六月一版四刷

■中文版■

郵購注意事項：
1. 填妥劃撥單資料：帳號：50003021戶名：英屬蓋曼群島商家庭傳媒(股)公司城邦分公司。2. 通信欄內註明訂購書名與冊數。3. 劃撥金額低於500元，請加附掛號郵資50元。如劃撥日起 10～14日，仍未收到書時，請洽劃撥組。劃撥專線TEL：(03) 312-4212 ・ FAX：(03) 322-4621。E-mail：marketing@spp.com.tw

國家圖書館出版品預行編目資料

持續狩獵史萊姆三百年，不知不覺就練到LV MAX(02) /
森田季節著 ； 陳冠安 譯.--1版.
--臺北市：尖端出版, 2018.08 面 ; 公分.--(浮文字)
譯自:スライム倒して300年、
知らないうちにレベルMAXになってました2
ISBN 978-957-10-8200-4(第2冊：平裝)

861.57 107008069